너희들도 곧
내 나이가
될거다

살아오면서 느꼈던 소소한 기억들

너희들도 곧 내 나이가 될거다~

한숙원 에세이

좋은땅

Prologue

이 글을 쓰게 된 이유는 결혼 후 반세기 이상 자신의 존재를 까맣게 잊어버리고 바쁘게 살아온 나에게 무언가 흔적을 남기고자 함이다.

글재주가 있는 것도 아니고, 책을 읽은 것도 까마득한 옛날이다 보니 뭘 어떻게 써야 할지 몰라서 요즘 애들 말로 멘붕인 상태다. 그나마 26년 전부터 매일 일기를 써온 것이 도움이 되지 않을까 싶다.

예전에 글을 기고해 본 적이 한두 번 있었다. 그럴 때마다 누군가가 내 글을 읽어주고 공감해준다는 것에 무한한 감사를 느끼곤 했다.

내 나이 앞자리가 이제 8자로 바뀌었다. 그러다 보니 살아온 기억들이 어느 날 갑자기 다 지워져 버리기 전에 한 편의 글이라도 남기고 싶다는 생각이 들었다.

다소 어색한 부분이 있을지라도 늙은이의 글이라 생각하고 이해해줬으면 하는 바람이다.

2024년
어느 따듯한 봄,
한숙원

Contents

我

(나)

인생이 한 편의 꿈이었나?

어느덧 꿈에서 깨어 보니
어느새 내 나이가 이렇게 많아졌다.

허망했던 지난 세월

인생이 한 편의 꿈이었나?

어느덧 꿈에서 깨어 보니 어느새 내 나이가 이렇게 많아졌다.

벌써 앞자리 숫자가 8자로 넘어가게 되었다고 생각하니 기가
막힐 노릇이다. 그동안 바쁜 생활 속에서 내가 고령인 줄은 생각
못 하고, 아직도 죽을 날이 먼 미래인 줄로만 알았다.

반세기를 노인 어른들을 모시고 살아서였을까?

나 자신은 어쩜 어른아이로 생각하며 살아왔던 것 같다.

시어머니 시집살이 26년에 친정엄마 17년 모시고, 거기다 둘째
딸의 딸인 손녀와 막내딸의 아들까지 핏덩이 적부터 길러온 세월
이 이렇게 오래된 줄은 몰랐다.

이제는 각기 제집을 찾아가고 친정엄마 역시도 코로나로 인해

100세 되시는 해 백수연 잔치까지 하시고 5개월 후에 세상과 이별하셨다.

이제는 그 많던 식구가 다 떠나버리고, 우리 부부가 반세기 만에 둘만의 호젓한 시간을 갖게 되었다. 그래서 지금은 귀염둥이 포메라니안 포니와 함께 세 식구가 생활하고 있다.

이제야 한가해지다 보니 나 자신을 뒤돌아볼 수 있는 시간이 생겼다. 인생의 종착역에 거의 다다랐다고 생각하니 모든 것이 허무로 끝나는 것 아닌가 하는 생각이 들어서, 글재주도 없지만 그동안 걸어왔던 족적을 남기고 싶어졌다.

하루하루 기억력이 사라지는 것 같아 어제 했던 일은 고사하고 조금 전에 했던 일까지도 전혀 생각나지 않아 걱정 근심이 쌓인다.

지금도 이 글을 써가면서 미사여구는 고사하고 쉬운 단어까지도 생각이 안 나서 고민하고 있다. 그래도 지난 세월 겪었던 일 중에 많은 자극을 받았던 일은 생생하게 기억나서 정말 신기할 정도다.

속절없이 지나간 세월을 원망하면서 내 삶의 희로애락을 기억에서 지워지기 전에 저장하고 싶다.

늦었지만
내 꿈을 살려보고 싶다

노년의 끝자락에 오니까 이렇게 편하고 머리가 가벼울 수가 없다. 그동안 짊어지고 살았던 모든 멍에가 일순간에 사라진 것 같다. 부모로서의 책임, 자식으로서의 책임에서 벗어나고 보니 홀가분하기 짝이 없다. 이제부터 나에게 남아도는 건 시간밖에 없는 것 같다.

이젠 희생하지 않고 이기적으로 살고 싶다. 그동안 너무나도 미련하고 어리석게 살아온 것 같은 생각이 든다. 앞으로 몇 년 만이라도 나 자신을 위해 살고 싶다. 그래서 지금 글쓰기에 도전해 보는 것이 아닌가?

아직도 마음과 생각은 살아있는 것 같으니, 그것을 최대한 활용해 후회 없는 끝맺음을 해야 할 것 같다. 아직까지는 나의 뇌가 기억력을 되살리며 바라는 만큼 작동해 주리라 믿는다.

요즘은 책도 많이 읽는다. 책은 마음의 평화와 안식을 가져다주는 가장 솔직하면서도 가까운 친구 같은 존재다. 내가 책과 단절하게 된 것은 아주 까마득한 옛날부터다. 아마도 중학교 2학년 때였나 보다. 그때 그 시절엔 지금과 달리 볼거리도 별로 없고 재미있는 첨단기계들도 없어서, 여자아이들 놀잇감이라는 게 기껏해야 새끼줄 줄넘기, 돌멩이 모아다가 공기놀이를 하는 정도였다. 그걸로도 몇몇이 둘러앉아 시간 가는 줄 모르고 지냈던 때가 아마도 국민학교 시절이었던 것 같다.

그 당시에도 별로 취미가 없어서 만화가게에 가면 나를 찾을 수가 있었다. 만화책은 종일 읽어도 그렇게 재미있을 수가 없었다. 그 당시엔 초등학교 아이들이 즐겨보는 월간 도서로 '소년소녀'라는 것이 있었는데, 나는 매월 만화 가게 앞을 지나가며 그 책이 나오기만을 학수고대했다. 그러다가 중학교 들어가고 나서는 소설책에 심취하여 밤을 새우면서 읽은 적도 있었던 것 같았다. 그때엔 무슨 뜻인지도 모르고 그냥 좋아서 읽었다. 그러다가 중학교 2학년 때부터는 공부에 전념하기 위해 책과 단절하였는데, 계산해 보니 어언 60년이 넘은 것 같다. 그러다 보니 옆에서 보고 있는 남편이 하는 말이 책도 생전 보지 않았던 사람이 그 정도로 글을 쓰는 게 신기하다며 칭찬하는건지 빈정거리는건지 모르겠다.

내가 살아있는 동안 하고 싶은 말과 생각을 죄다 모아서 만든 책 한 권만이라도 세상에 내놓고 죽는다면 여한이 없을 것 같다. 그 옛날 진즉에 방향을 잘못 잡아서 나의 일생이 엇나간 길을 디디며 살아왔다는 게 너무나 후회스럽기 짝이 없다. 시간이 얼마 남지 않은 이제야 비로소 깨닫게 되다니. 아마도 하나님께서 무슨 뜻이 있으셔서 늦게야 깨우치게 해주셨나 보다. 이러한 나의 바람이 이루어졌으면 좋겠다.

무엇보다도 다행스러운 것은 아직까지 나의 시력이 젊은이 못지않아서 돋보기를 끼지 않고도 마음껏 책을 볼 수 있다는 것이 너무나 감사할 뿐이다. 어머니께서는 97세까지도 바늘귀에 실을 꿰던 분이셨는데, 아마도 그러한 엄마의 DNA를 받아서 그런 것이 아닌가 생각된다.

불면의 고통 속에서

아득한 옛날 대학 시절

정연희 강사님의 강의가 생각난다.

자신은 낙엽 떨어지는 소리에도 잠을 못 이룬다고 한 적이 있다.

그 당시 그 말을 들었을 때는 설마 낙엽 떨어지는 소리가 들릴까, 표현이 너무 과장된 게 아닌가 하는 생각을 했다.

지금 다시 생각해보니 그만큼 신경이 예민했다는 뜻이겠지.

내가 지금 그렇다.

밖에서 들려오는 조그마한 소리에도 신경이 쓰여 잠을 놓치고, 결국에는 수면제를 먹어야 잠을 청할 수가 있다.

늙으면 잠이 줄어든다는 얘기가 있는데, 그래서인지

갈수록 예민해지기만 하고 숙면을 취할 수가 없어서 고통을 받는다.

이제는 밤이 무서워지기까지 한다.

"하나님 아버지! 오늘 밤은 숙면을 취할 수 있도록 도와주세요."하며 두 손 모아 빌어본다.

봄의 향기를 맛보려고

커튼에 비치는 아침햇살이 여느 때보다 더 따뜻해 보여 창문을 열었다.

어쩐지 봄바람의 향기가 예사롭지 않은 걸 보니 완연한 봄이 찾아온 것 같다.

5층에서 내려다보니 어느새 양지바른 곳 긴 벤치에는 노인네 네 분이 햇볕을 쬐려고 마스크를 낀 채로 앉아있다. 아마도 다들 나보다는 나이가 적을 것이다. 그중에는 독거노인도 있을 거고, 며느리 눈치를 보며 일찌감치 자리를 피해 나온 노인네도 있을 것이다.

내가 이곳에 둥지를 마련하게 된 이유는 손주들 학군이 좋고 주변 환경이 마음에 든 것도 있었다. 성내천의 잘 다듬어 놓은 조경에, 물가에는 백로들이 평화롭게 걸어다니고 물속에서는 선 팔뚝만 한 잉어들이 펄떡거리고 헤엄친다. 엘리베이터 타고 내려가면 바로 2분도 안 걸려 이 모든 아름다운 광경을 마치 정원과도 같이 만끽할 수 있다. 지금 13년째 이곳에서 살고 있다. 현재로선 다른 곳으로 옮기고 싶은 생각이 없다.

제일 혜택을 받는 건 우리 집 포니다. 우리 부부가 대화하다가 "산책"이라는 말만 나오면 알아듣고 좋아서 꼬리치고 뱅글뱅글 돌면서 난리다. 움직이기 싫어하는 내 남편도 포니 때문에 매일같이 산책한다. 나 역시도 수술한 다리가 완전치 않은데 운동 부족인 거 같아 열심히 걷기운동을 하려고 한다.

힘들었다 정말

나는 인생의 레퍼토리가 없다.

남들처럼 특별하게 내세울 만큼 훌륭한 일을 해 본 적은 없지만, 남들에게 "애썼다, 힘들었겠다." 하는 위로와 격려의 말은 살아오면서 많이 들어왔던 말이다.

시어머니 26년, 친정엄마 17년 모시면서 살아온 세월은 그냥 숫자에 불과한 세월이 아니다. 형편에 따라 당연한 일이긴 하였지만, 나의 희생 없이는 생각할 수조차도 없었다. 극과 극으로 상반된 성격의 두 노인 양반을 모시면서 살면서 나 자신을 잃어버리고, 아니 포기하고 살았다. 모르는 남들은 유산상속을 많이 받았겠다고 하지만 전혀 아니다. 양쪽 다 하나뿐인 자식이기에 본분을 했을 뿐이었다. 두 분 다 옛날 노인들이지만 어른들을 모셔본 적이 없는 분들이다.

　시어머니는 정신적으로 힘들게 하셨고, 친정엄마는 육체적으로 힘들게 하셨다. 시집살이할 때는 나이가 젊을 때였지만, 친정엄마는 내 나이 75세까지 모셨는데 식사가 너무 까다로우셔서 정말 힘들었었다. 한 번 드신 건 두 번 안 드시며 나를 힘들게 하셨다.

　우리 딸들은 이런 애미의 사정을 몹시 안타깝게 여겼다. 더욱이 자기네 아이들까지 맡긴 상황이라서 생활에 지장이 없도록 하려고 많은 노력을 했다. 하지만 70이 넘어서부터는 내 몸이 망가지는 것도 모르고 즐거운 것으로 생각하며, 하루하루를 미련하게 버티면서 살아왔던 것 같다.

　그래도 똑같이 반복되는 단조로운 삶 속에서 가족들과 행복한 순간들을 맛보았던 것에 감사한다.

열망의 기도

나의 하루는 기도로 아침을 맞이하며 시작된다.

"저의 가정에 주인이시고 길잡이이신 하나님 아버지…." 하며
시작하는 기도는 하루를 무사히 지켜주십사 하는
갈구의 기도이다.

이 기도를 통해 마음의 안정을 찾고 편안해짐을 느낄 수 있다.
기도 제목도 다양하고 기도할 대상도 열 명이 넘는다.

나 한 사람으로부터 식구들이 많이 늘어났다는 것도 가슴 뿌듯
한 노릇이다. 그중에 으뜸으로 소망하는 기도는 가족들을 위한
건강의 기도다.

자기 전에 하는 기도는 하루를 무사히 지켜주심에 대한

감사의 기도다.

나의 부족함을 고백하며 용서를 비는
참회의 기도이기도 하다.

불면증에 시달리고 있는 나에게 잠의 은사를 허락하여 주실 것
을 바라는
간구의 기도도 덧붙는다.

목말라하는 나에게 갈증을 해소시켜 주십사 하는
열망의 기도다.

모든 것에 감사하며 "아멘"으로 끝맺음하며
두 손 모아 기도를 마친다.

사라지는 기억력에
대한 불안

어쩌다 보니 내 인생도 겨울의 중턱까지 왔다고 생각하면, 죽음을 대비할 시간이 그리 많이 남지 않은 것 같다.

삶에 대한 애착이 하나도 없다고 말하면 거짓말 같은 소리겠지만, 어떡하면 남아있는 시간을 압축해서 요긴하게 후회 없이 보낼 수는 없을까 고민하는데 지금 같아선 별 뾰족한 생각이 안 떠오른다. 내 마음 같아선 타임머신을 타고 한 20년쯤 과거로 되돌아갔으면 좋겠다. 그러면 하고 싶었던 무언가가 있을 것 같다. 글쓰기 연습도 그때부터 본격적으로 시작했다면 지금처럼 졸필로 세상의 웃음거리가 되지는 않았겠지? 지금은 경도인지장애인지 어제 일도 잘 생각이 안 나고 TV 볼 때도 인기 탤런트 이름이 금방 생각이 안 나서 혼자서 불안해지기 시작한다. 내가 지금 혹시 알츠하이머치매의 초기는 아닐까 하는 불안감…….

왜냐하면 외가 쪽 식구들의 뇌신경이 약한 편이라, 내가 오빠처럼 좋아하고 의지했던 4살 차이의 외삼촌도 이 병으로 오래전에 세상을 떠났기 때문이다. 지금도 눈감으면 때때로 생각날 때가 있다. 그렇게 낭만적이고 잘생긴 외삼촌이었는데……. 아마도 자존심이 강했던 사람이 모든 게 뜻대로 되지 않아 우울증을 앓다가 그런 병이 왔나 보다. 정말 보고 싶고 그립다.

아름다운 가곡 '오오~ 내 사랑~ 목련화'를 그렇게나 즐겨 불렀던 멋있는 외삼촌이었는데,

지금은 어느 하늘에서 무얼 하고 계시는지…….

허전한 이 느낌은
뭐지

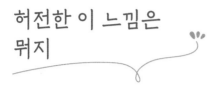

따사로운 봄빛이 창문에 비치길래 창문을 열고 내려다보았다.

어느새 개나리꽃이 노랗고 아름다운 자태로 옷을 갈아입고 봄의 첫 손님으로 찾아온 모양이다.

벚꽃은 꽃봉오리를 터뜨리기 위해 준비 작업을 하는 걸 보니 완연한 봄이 찾아온 게 분명하다.

이제 나에게도 봄은 찾아왔겠다. 차일피일 미뤄왔던 것…

오늘은 마음을 먹고 냉장고 소탕 작전이나 할까 싶어 겨우내 먹지 않고 아까워서 못 버렸던 음식을 미련 없이 과감하게 버리기로 작정했다. 그래서 미리 준비해 놨던 음식물 쓰레기 봉투에 이것저것 버리다 보니 봉투가 어느새 꽉 찼다. 이제는 노친네 둘에다 애완견까지 해 봐야 세 식구뿐이니까 냉장고도 덜 피곤하리라 생각된다.

우리 사랑스러운 막내 손주 녀석이 학교 갔다 와선 열었다 닫았다 했던 냉장고…

이제는 속이 휑하니 비어 있어서 시원해 보이기는 하지만, 내 마음까지 빈 것처럼 허전해 보이는 이 느낌은 왜 이렇지?

저녁때만 되면 손주들이 "할머니! 오늘 저녁엔 메뉴가 뭐예요?" 하고 물어보던 그때가 갑자기 그리워진다.

지금도 수저통에는 손주들의 수저가 그대로 자리를 차지하고 있으며 손주들의 방 역시도 그때 모습 그대로 보존되어 있기에, 어떤 때는 손주들이 "할머니~! 저 왔어요." 하고 들어올 것만 같다는 생각을 할 때도 있다.

바로 삼 일 전의 일이다.

추석에 쓸 물건들도 있고 해서 캐리어를 끌고 재래시장에 다녀오는 중에 건널목 신호등이 빨간불이라 기다리고 있는데, 건너편에서 막내 손주 녀석이 자전거를 타고 신호를 기다리는 게 아닌가? 정말 얼굴 모습이며 덩치까지 너무 닮아서 이름을 부르려고 하던 차에, 가까이서 보니 아니라서 흠칫하며 다시 뒤돌아섰다. 어쩐지 자전거 탄다는 소리를 못 들었는데 자전거를 타고 있는 것이 좀 이상하게 여겨지긴 했다.

기른 정이 뭔지,

오늘도 심심해서 2008년도 일기장을 뒤적이며 힘들고 지쳐 있던 그때의 기억을 되새겼다.

그래도 그때가 사람 사는 것 같고 행복했던 때구나 하는 생각이 들면서 옛날이 그리워지기까지 했다.

갑자기 그 많던 식구들이 없어지다 보니 몸은 많이 편해졌지만, 마음은 허전하기 짝이 없는 것 같다.

우리 사랑스러운 막내 손주 녀석이

학교 갔다 와선 열었다 닫았다 했던

나의 투병기

이십 대 젊은이들의 하루와 지금 나의 하루는 엄연히 느낌이 다를 수밖에 없다.

인간의 수명이 정해진 것은 아니지만, 물건으로 따지면 유통 기간이 다 소진되기 전에 아쉬움 없이 음미하고 생각하고 행복해한다면 후회가 없을 것 같다. 그러기에 우리네에게 오늘 하루란 더없이 귀하고 소중하며 값진 하루일 수밖에 없다.

하지만 생각해 보면 이 나이에 하루하루를 후회 없이 기발하게 보낼 수 있는 아이디어가 딱히 떠오르지 않는다. 하여튼 지금의 나는 너무나 오랜만에 느껴보는 자유로움에 취해 행복한 기분이다. 책임이라는 무거운 울타리 안에 갇혀 있다가 이제는 마음껏 누가 뭐라고 하거나 말거나 신경 쓰지 않고 짜투리로 남은 인생을 마음껏 후회 없이 살아 보고 싶다. 누군가가 나이는 숫자에 불과

하다는 말을 한 적이 있었다.

내가 이런 생각을 가지게 된 이유가 또 한 가지 있다. 몇 년 전 아침에 일어났는데 천장과 바닥이 아래위로 흔들리는 게 아닌가? 흘려들었던 얄팍한 상식으로 아마도 이석인가보다 하고 이비인후과에 갔다. 의사 선생님 역시도 이석일 거라 하시며 '일단 검사나 해 봅시다.' 해서 몇 가지 검사를 하였는데 결과는 이석이 아니었다. 그래서 선생님이 소견서를 써줄 테니 종합병원에 가서 검사를 해 보라는 게 아닌가? 그래서 다음 날 바로 아산병원으로 가서 필요한 검사를 다 하고 나니, 결과는 며칠 후에 나온다고 하여 집에 돌아왔다.

기다리는 그 며칠 사이에 또 다른 문제가 생겼다. 하도 무릎이 아파서 고통받고 있는 장모를 위해 막냇사위가 친구가 강남에서 정형외과를 하는데 얼른 가셔서 진단받고 수술하셔야 할 것 같으면 수술하시는 게 나을 것 같다고 하였다. 진단 결과 한쪽 다리는 4단계까지 연골이 상해있어 수술하지 않으면 도저히 지탱하기 힘들 정도라고 하였다. 그러면서 경험 많고 유능한 강남 성모병원

박사님을 소개받아 진찰을 받고 수술 날짜를 받았는데, 수술 예약 환자가 하도 밀려 있어서 일 년이나 기다려야 한다는 소식에 기가 막히기만 했다. 그래도 어쩔 수 없이 예약 날짜를 잡았지만, 고통의 시간을 1년씩이나 참고 견뎌야 한다는 소리에 눈앞이 캄캄해지면서 맥이 빠져 실망과 함께 집으로 돌아올 수밖에 없었다.

그런데 얼마 지나지 않은 어느 날 아침에 갑자기 성모병원에서 연락이 왔다. 수술하기로 한 사람이 갑자기 수술을 못 하게 되어 자리가 하나 나왔으니, 할 생각이 있으면 지금 당장 병원으로 오라는 거다. 그래서 세수도 하는 둥 마는 둥 하고 남편과 함께 달려가 정신없이 수술대 위에 누웠는데 그다음은 전혀 생각이 나질 않는다. 한참 시간이 지난 후에 내 수술은 언제쯤이나 되겠냐고 간호사에게 물었더니 벌써 하지 않았냐고 하며, 집도의를 가리키는 거다. 정신없이 달려와 정신없이 수술을 받다 보니 마취한 사실도 모르고 죽었다가 살아난 거나 다름없었다.

수술은 성공리에 끝났다고 하여 안심이 되었다. 그 모든 검사와 과정을 거친 후에 병실과 1인 간병인이 정해져 한 달동안 입원하였다. 다른 환자들은 2주면 퇴원을 하는데 나는 4주가 걸렸다. 나를 집도한 선생님이 말하시기를 그동안 수백 명을 수술했지만 이렇게 근력이 약한 분은 처음이라고 하며 재활을 열심히 하라고 하셨다. 아닌 게 아니라 남들은 양다리를 한꺼번에 수술하는데,

나는 그럴 처지가 못 되었다.

그곳 병원에서 한 달을 지내고 바로 병원에서 지정해 준 드림재활병원에서 2달이라는 시간을 보냈다. 그 기간이 남들은 고통의 시간일지 몰라도 나에겐 더 없는 휴식 시간이었다. 동병상련의 환우들과 서로 위로하며 지내다 보니 지루한 줄 모르고, 1년 반이나 약을 먹어도 낫지 않던 우울증도 어느새 신기할 정도로 호전이 되었다.

더욱이 내 남편이 그때처럼 고마울 때가 없었다. 매일같이 여러 가지 반찬을 손수 만들어 왔는데 그 방의 모든 환우들과 나누어 먹을 정도로 여유 있게 만들어 오는 것이 소문날 정도였다. 그때 인연으로 지금까지도 연락을 주고받는 친한 지인이 생겨 너무나 감사한 계기가 되었다.

더욱더 감사한 것은 수술을 계기로 여러 가지 검사를 하였는데 뇌경색이 잠깐 지나간 적이 있다는 사실을 알게 되었다. 천장이 빙빙 돌아갔던 것이 아마도 뇌경색이 지나가던 때였나 보다. 그때부터 병원에서 처방해준 뇌경색 약을 지금까지도 복용하고 있다.

재활 치료를 마치고 집에 돌아와 보니 남편이 엄마가 계시던 방에 의료용 침대며 화장실까지 혼자서 잡고 갈 수 있도록 병원처럼 편리하게 설치해 놔서 너무나 놀라웠고 감사했다. 긴 세월을 나의 손발이 되어 주었고 나의 든든한 버팀목이 되어 준 남편이 그지없이 고마웠다.

이제는 퇴원하고 나서 스스로 재활 치료를 해야겠다는 생각을 했는데, 바로 코로나라는 기이한 전염병이 전 세계로 퍼졌다. 그래서 외출을 삼가는 것은 물론이고 여러 가지 난관에 부닥치면서 제대로 된 자가 운동을 하기가 어렵게 되어, 지금까지도 다리가 완벽하다고 볼 수가 없게 되었다. 계단 오르내리기가 지금도 겁이 나서 굉장히 조심하는 편이다.

무엇보다도 걱정스러웠던 것은 너무나 오랫동안 약을 복용했기에 혹시 신장이 나빠진 건 아닌가 하는 의심이었는데, 요번에 건강 검진을 통해 다 괜찮다는 소리를 들으니까 힘이 솟아나면서 갑자기 젊어지는 것 같다는 느낌이 들었다. 내 나이쯤 되면 몇 가지 병을 달고 사는데, 얼마나 감사한 일인가? 그동안 꼼꼼히 챙기며 먹었던 8가지 건강 보조식품도 많은 도움이 되었나 보다.

이제부터는 조금 남은 인생 두려워하지 말고 후회 없이 살아 보기로 마음먹었다. 무엇보다도 지금까지 지켜주신 하나님께 다시 한번 감사를 올린다.

인생이 별거더냐

인생이 별거냐~!

각자 지내온 인생들을 보면

잔잔한 물결치는 호숫가의 백로처럼 평화롭고 무미건조하게 살아온 인생도 있을 것이고, 거센 파도와 함께 스릴을 느끼면서 살아온 인생도 있을 것이다.

결국 희노애락을 다 겪으면서 살아온 인생이야말로 역사를 논할 수 있고 참 인생을 살아왔다고 자평할 수 있지 않을까?

지나간 세월 눈을 감고 되짚어보면 아쉬운 것도 많고 후회되는 것도 많은 것 같다.

인생 종착역이 가까워서야 절실한 느낌으로 받아들여진다.

시간이 우리에게 주어진 그렇게 소중한 권한이었고 잘 활용하라고 주어진 것이었는데, 우리는 그것도 모르고 시간은 무한정 주어지는 것인 양 소중함을 모르고 살아왔던 것 같다.

　60대까지는 나 자신도 늙어가는 것인지 익어가는 것인지 모르고 살아왔다.

　시험지를 받아 든 수험생처럼 답안지에 정답만 하나하나 풀어가면서 오답이 아니기만을 바라면서 살아왔던 것 같다. 과연 지금까지 살아온 나의 인생 점수는 과연 몇 점이나 될지 궁금하다.

　혹시 낙제점수는 아닐 테지 하면서 스스로 위로하고 싶다.

　나는 그동안 나 자신을 위해 살아 본 적이 없는 것 같다.

　세상의 모든 부모들이 그럴 테지만 그동안 앞만 보고 살아왔던 것 같다. 그러다 보니 그 오랜 세월 나를 지탱해준 내 육신이 너무나도 불쌍하다는 생각이 든다.

　가리비 속의 조갯살처럼 갇힌 삶 속에서 타인의 비위만 맞추면서 나의 존재감은 묻어두고 산 게 아닌가?

　그래도 다행히 낚시를 취미로 삼고 있는 남편 덕에 국내 여행은 자주 다녔던 것 같다. 그때마다 가슴에 뭉쳐진 스트레스를 풀고 일상으로 돌아와 충전된 배터리를 소모하면서 반복된 삶을 살곤 했었다.

　지금에 와서야 '결국 나의 인생이란 게 겨우 이거구나? 그래 인생이란 게 뭐 별거더냐?' 하는 생각이 든다.

이 나이까지 특별한 불편한 것 없이 살아온 것에 감사하고 아직까지는 무릎 인공관절 수술 빼고는 질병 없이 살아올 수 있도록 건강을 주셔서 감사할 뿐이다.

부모 섬기는 것을 산 교육으로 보고 살아온 우리 자식들이며 손주들까지도 남들과 달리 효성스럽다고 생각할 때 가슴 뿌듯함을 느끼며 나의 수고가 헛되지 않았다고 자부한다.

결국 나의 인생은 실패 아닌 성공이라고 보아도 되지 않을까?

인생은 60세부터 75세까지가 계란 노른자 같은 황금이라고 한다.

그때부터 모든 올가미로부터 해방되고 자신만을 사랑하며 살아갈 수 있는 기간이라고 생각하나 보다.

그러나 나는 그런 황금기를 너무나 힘들게 살아와서 허무하기 짝이 없다.

그러나 후회하지는 않는다.

보람도 있었고 남들이 상상하지 못하는 즐거움과 기쁨도 있었으니까.

夫
(남편)

"영원히 기다릴게요!"
외치던 공대생이 있었으니

첫사랑의 추억

첫눈이 흩날리던 1966년 가을.

당시 금남의 집이었던 여대생 캠퍼스에서
갈색 "빠이로" 코트를 걸치고 코가 빨개지도록 헉헉대며
한 여대생을 향해
"영원히 기다릴게요!" 외치던 공대생이 있었으니
그가 바로 지금의 남편이요,
네 손자 손녀의 할아버지다.

종로의 한 음악다방에서 미팅으로 만났으나
예쁘게 생긴 얼굴이 싫어 피해 다녔다.

그러나 끈덕진 구애로 결혼에 골인.

지금의 딸 셋을 모두 출가시키고 손자 손녀 보는 것을
낙으로 삼는 할머니, 할아버지가 되었다.

그때 그 시절 야들야들한 피부에 꽃미남이었던 그 남자는
지금 빛바랜 누비이불처럼 주름진 얼굴에
옛날의 낭만은 지우개로 지워 없앤 듯 쪼잔한 잔소리쟁이로 둔
갑했다.

밉살맞은 영감이지만
첫눈이 내릴 때면
'추억 속 그 꽃미남이 바로 이 영감이었지?'
라고 되새기며 슬그머니 웃음을 짓곤 한다.

여보라는 호칭

결혼한 지 반세기가 지났는데도 나의 남편은 마누라인 나의 호칭을 아직도 "경아!"라고 부른다.

내일모레면 80이 다 되는 늙은 남편에게서 이런 호칭을 들을 때는 민망하기 짝이 없고, 나도 모르게 옆에서 누가 들을까 봐 흠칫한다.

하지만 듣는 사람들은 딸의 이름을 부르거니 하고 신경을 안 쓰나 보다. 왜냐하면 우리 첫째 딸과 막내딸의 이름 끝 자가 '경'으로 끝나니까.

본래 이름이 나의 명을 짧게 만든다고 어디서 들으셨는지, 엄마가 개명해 주신 이름이 '윤경'이다.

많은 사람이 불러줘야 한다기에, 성인이 되어 소개할 때는 이 이름으로 나를 알렸다.

그래서 결혼 후 시어머니 따라 교회에 다닐 때도 이 이름으로 등록했기에 교회에 모든 분들은 그렇게 알고 계신다.

하지만 남편과 둘이 있을 때엔 그다지 싫지 않은 호칭이다.

잠시라도 20대의 경아로 돌아가는 느낌이 드니까…….

나 역시도 결혼 후 이날 이때껏 남편에게 '여보'라는 호칭을 한 번도 써보지 못했다.

왜 그리 어색하고 어려운지 모르겠다.

지금도 부를 때엔 "이봐"라고 부르게 된다.

하여간에 습관이라는 게 왜 이리 고치기가 힘든 것인지 모르겠다. 죽기 전에는 어떻게 해서라도 정정하고 저세상으로 떠나야 할 것 같다.

늙은이의 자존심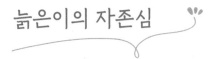

아마도 늙으면 혀도 꼬부라지나 보다.

우리 집 남자는 말할 적마다 제대로 말하는 걸 못 봤다.

처음엔 웃기느라 그런가 했는데 요즈음은 은근히 걱정이 된다.

세월호를 '새로호'라고 하질 않나. 요즈음 TV에서 방송하는 인
기 있는 불타는 트롯트니 미스터 트롯이니 하는 것도 '불타는 로
보트', '미스터 로보트'라고 해서 들을 당시엔 폭소를 터뜨리지만,
하는 말마다 자꾸만 잘못하니 가만히 생각하면 웃을 일만도 아닌
것 같다.

입에서 나오는 대로 하는 얘기가 식구니까 다 해석하고 이해해
서 알아듣지만, 모르는 사람들 앞에서 그런 실언을 할까 봐 여간
걱정스러운 게 아니다.

둘이서 TV를 볼 때도 '저 사람이 어떤 드라마에 나왔더라.'라고

말은 하고 싶은데 생각이 안 나서, 누가 먼저 얘기하기를 기다리고 있다가 누가 먼저 기억하고 말을 하면 '맞다, 맞어.' 하고 반가운 내색을 하며 서로 웃는다.

곧 죽어도 자존심은 있어서 기억력이 상실되어간다는 내색은 서로가 하기 싫은가 보다.

어쩌다가 이런 신세가 되었는지 울다가도 웃고 싶고 웃다가도 울고 싶다.

그래도 하나님께 매일 기도할 때는 우리 부부 얼마 남지 않은 여생, 주님 불러주실 때까지 서로 위로하고 의지하며 아끼고 살아가게 해 달라고 기도한다.

이제는 서로가 삶의 종착역도 얼마 남지 않은 상태에서 서로 잘났다고 아옹다옹 싸우면 뭐 하겠나?

이 세상에서 부부라는 연을 맺었기에 떠날 때까지 불쌍히 여기면서 살아가기로 마음먹었다.

전속 이발사

생글생글 웃으면서 나의 방문을 여는 남편의 모습이 딱 봐도 뭘 부탁하려는 눈치다.

"나 오늘 머리 커트를 좀 해주면 안 될까?"

하고 나의 눈치를 살피는 거다.

"알았어. 해줄게요." 나는 얼른 기분 좋게 승낙했다.

남편의 두발을 커트한 지가 어느덧 2년이 다 되어 간다. 그동안은 한 정거장쯤 되는 곳의 이발소에 단골로 다녔는데, 코로나가 심해지면서 찝찝해서 가고 싶지가 않다고 망설이고 고민하는 모습을 보고 내가 겁 없이 커트 한번 해 볼까 하고 시도했던 것이 시작이었다. 그런데 너무나 맘에 들어 하고 웬만한 전문가와 솜씨가 거의 비슷하다며 추켜세우고 어르는 바람에 생각지도 못한 전속 이발사가 된 게 아닌가?

이제는 전용 이발 기구까지 마련해서 '척척', '싹둑싹둑' 과감하게 커트하는 내 모습이 나 자신도 놀랍고 대견스러워 보인다.

남편은 유난히 흰머리가 빨리 자라서 흰 머리에 수염까지 한 2주 안 깎으면 산타할아버지가 무색할 정도다.

오늘도 화장실에 의자를 갖다 놓고 비닐 커버를 치고 머리를 커트하는데, 이 영감이 왜 그리 다른 날보다 잔소리가 많은지 하도 짜증이 나길래, 나 화나면 이 머리 엉망으로 싹둑 잘라버릴 거라고 공갈을 쳤더니 웃고 마는 거다. 그러고는 한참 있다가 화장실에서 나오는 남편을 보니 한 15년은 젊어 보이는 젠틀한 노신사가 나오는 게 아닌가? 면도도 하고 염색도 하고 나오는 나의 남편을 보니 이제야 예전 모습을 되찾은 것 같은 느낌을 받았다.

아무쪼록 영감!
늙었다고 퍼지지 말고 깔끔하고 건강하게 삽시다.

남편의 속마음

요즈음 삐딱하게 반항하는 말 안 듣는 늙은이를 모시고 사느라 나의 노년이 말이 아닌 것 같다.

남편이 왜 그리 반대로만 나가는지 정말 울화통이 터진다.

혹시 3년간 두문불출하더니 우울증에 걸린 건 아닌지, 부부라도 속마음을 털어놓지 않으니 알 수가 없다.

아침에 일어나 요것 저것 신경 써서 정성껏 반찬을 만들어 놓으면, 자기는 샌드위치 만들어 먹겠다고 한다. 나이 들어선 밀가루가 좋지 않다고 해도 내 말은 콧등으로 듣고 빵, 라면이 좋다고 한다.

대상 포진 앓고 난 다음부턴 입맛이 떨어졌는지 점심때가 돼서 간식이라도 차려주려고 하면 오히려 화를 낸다.

병원 가서 종합검사를 하자고 하면 한사코 무슨 핑계라도 내고 안 하려고 한다.

점점 칠면조 목처럼 주름이 늘어가는 얼굴에 로션 좀 바르고 산책나갈 때도 선크림 좀 바르고 나가래도 마이동풍이다.

늙을수록 깔끔해야 한다고 누누이 말해도 쇠귀에 경 읽기다.

향수다 로션이다 유통 기간이 다 지나가도록 바르려고 하질 않는다. 어느새 몸무게는 6kg나 빠져 있다.

얼마 전 나에게 이런 말을 하며 화를 돋운 적이 있었다.

갑자기 포니 데리고 제주도 여행을 가자고 했다.

자기가 애견과 함께 여행할 수 있는 방법이며 숙박할 수 있는 곳도 다 알아봤다고⋯

물론 해남까지 내려가 그곳에서 배 타고 가자는 말이었다. 나는 단칼에 화를 버럭 내며 일언지하에 거절했다. 지금 몇 년째 운전을 안 했는데 더군다나 개를 데리고 여행하자고?

그게 여행이야? 고행이지?

그건 젊은 사람들이나 가능한 일이고⋯

나는 고속도로에서 죽고 싶지 않으니까 가고 싶으면 혼자 데리고 가라고, 나는 이제 여행 다니는 거 포기하며 산다고 했다.

그러고 나서 며칠 잠잠했지만, 한숨을 들이쉬고 내쉬고 하며 음식도 소화가 안 된다고 거부하고⋯

정말 고장이 났구나 하는 생각에 걱정이 되어 더욱더 잠을 이룰 수가 없었다.

아닌 게 아니라 몇 년 전부터 차를 바꾸고 싶어 들썩거리는 걸 모르는 척하고 "이제는 조금 있다가 면허증도 반납해야겠네~" 했지만, 자기는 앞으로 10년은 운전할 수 있다고 하며 얼마 전 면허증을 재갱신하며 장롱 면허인 내 것까지 갱신해왔다.

요즘은 면허 시험장까지 안 가도 인근 경찰서에서 몇 가지 절차만 밟으면 면허증을 발급받을 수 있어 너무나 편리한 세상인 것 같다.

그렇게 운전하기를 좋아하고 낚시를 취미로 가졌던 남편을 반대만 할 일이 아닌 것 같아 밤새워 생각하며 마음을 바꾸기로 했다.

병이 나서 누워있게 되면 어쩌나 하는 생각에 정신이 번쩍 드는 게 아닌가?

요즘 유튜브를 보면 애완견과 함께 바닷가나 경치 좋은 캠핑장에서 차박을 하며 스트레스를 해소하는 것이 대유행인 것 같다.

특히 SUV 레저용 자동차로 모든 좌석을 없애버리면 잠자리도 편리하게 되어, 캠핑객들은 자유자재로 장소를 바꿔가며 즐길 수가 있다고 한다.

워낙 취미가 다채로워서 예전에 등산 장비는 없는 것 없이 다 구입해 놨기 때문에 그건 새롭게 구입하지 않아도 될 것 같다.

그래서 의논 끝에 하얀색 천장에 선루프까지 있는 산타페로 바꾸기로 했다. 미안한지 자기 돈으로 살 테니까 걱정하지 말라는 거다. 내가 조금 보태준다고 했다. 매사에 이 남자의 고집은 꺾을 수가 없어서 또 한 번 내가 지게 된 셈이다.

늙어도 철없기는 매한가지인 것 같다.

그렇게 젊어서 하고 싶은 취미생활 다 하고 갖고 싶은 것 다 가지고도, 지금도 뭐가 부족한 모양이다.

사실 부부로 50년 이상을 함께 살아왔지만, 우리는 다른 삶을 살아온 거나 마찬가지다. 한때 골프에 미쳐 정신없을 때, 마누라는 호랑이 시어머니의 비위 맞추며 사느라 자유로움도 마음대로 누리지 못했건만… 마누라에게 미안한 줄 모르고 정말 간이 배 밖으로 나온 남자나 다름없다. 오죽하면 시어머니께서도 하시는 말씀이 너희 부부의 입장이 바뀌었다면 살림이 거덜 났겠다며 칭찬 아닌 칭찬을 하시곤 하셨다.

집안 시끄러운 게 싫어 항상 양보하고 숨죽이고 살아왔던 내 잘못도 크다고 본다.

지금은 옛날에 비하면 다른 사람처럼 변해서 내 눈치를 많이 보고 사는 셈이다.

그래도 가족들을 데리고 여행도 많이 다니고 가정적이고 장점도 많은 남편이라고 생각된다. 집안 꾸미는 것까지도 자기가 직접 손수 다른 집들과는 색다르게 꾸미려고 하다 보니, 교회의 어느 권사님이 우리 집을 마치 박물관에 온 것 같다고까지 했다.

지나고 보면 한 가지 아쉬운 게 있다면 젊은 날에 좀 정신을 차리고 살았더라면 지금보다는 훨씬 나은 인생으로 마무리를 했을 텐데 하는 아쉬움이 있다.

하지만 또 다르게 긍정적으로 생각하니까 코로나 세상이 올 줄 어떻게 알고 일찌감치 젊음을 후회없이 보냈나 하는 생각이 들면서, 하여간에 타고난 복이 있는 남자라고 생각된다.

시간은 멈추지 않고 가고 있다는 걸 일찌감치 깨우쳤나 보다.

시간은 멈추지 않고

가고 있다는 걸

남편의 건강이 염려스러워

오늘 아침 우리 뭐 먹을까?

매일 아침마다 청개구리 같은 영감탱이한테 물어보는 게 일상이 되었다.

왜냐하면 요것 저것 정성들여 음식을 만들어 놓으면 자기는 또 라면을 먹겠다고 한다. 라면에다 계란 넣고 치즈 한 장 넣으면 양은 부족하지 않다나…?

참으로 세상은 고르지 못하다는 생각이 든다. 무슨 청승이고 궁상인지 모르겠다. 하기야 라면이 칼칼하면서도 입맛을 돋우는 매력은 있지만, 젊은이도 아닌 노인네가 왜 그리 밀가루 음식만 먹으려고 하는지 정말 짜증이 나기 시작한다.

따지고 보면 우리처럼 취향이 다른 부부가 어떻게 50년 이상을 살아왔는지 알다가도 모를 일이다.

대가족 생활하면서 여러 사람에게 신경 쓰다 보니 그동안은 남편에게 덜 신경 쓴 탓일까?

이제는 서로가 주님 부르시는 날까지 건강하게 있다가 주위 사람들 거추장스럽게 하지 말고 떠나야 할 텐데…

그래서 건강에 이롭지 않다는 건 피하고 싶다.

내 눈에도 남편이 요 몇 년 사이에 건강이 안 좋아졌다는 것이 눈에 보일 정도다. 대상포진을 앓고 난 이후부터 몸무게도 6kg나 빠져 은근히 걱정된다.

종합검진은 안 했지만 웬만한 검사는 다 했건만 아무런 이상이 없다고 한다.

본인은 아니라고 하지만 내가 보기엔 우울증이 아닌가 하는 생각이 든다.

나야 인생 거의 다 산 입장에서 이미 모든 걸 포기하고 산 지가 오래되었지만, 남편의 입장에선 그렇지가 않은 모양이다.

영혼까지 바칠 정도로 믿었던 사람으로부터 뒤통수를 맞았으니 그 마음의 상처가 어찌 그리 쉽게 없어질 리가 있겠나?

그 마음을 알기에 상처를 되도록이면 건드리지 않으려고 노력한다.

남편의 성격은 다혈질의 외향적 성격이지만 굉장한 내성적인 사람이기도 하다.

속마음을 마누라인 나에게도 드러내려고 하지 않는다.

알고 보면 마음이 여리고 정에 약한 편이라고 해야 하나?

한 곳에 빠지면 둘은 모른다고 봐야 한다.

그런 이유로 그 옛날 나를 향한 집착도 쉽사리 사그라지지 않았던 모양이다.

그래서 나 역시 일찌감치 모든 걸 포기하고 사랑해주는 사람을 택했었는데, 그것은 시행착오였던 것 같다.

지금까지도 옛날의 그 감정으로 산다면 아마도 비정상적이거나 미쳤다고 생각하겠지만, 마누라를 개만도 못한 취급을 할 때엔 울화통이 터지고 화가 나서 견딜 수가 없다.

며칠 전 가슴이 조이고 꼭 죽을 것만 같아 입맛이 떨어져 3일간을 베지밀로만 견뎠는데, 왜 그러냐는 걱정의 말 한마디 없고 그저 개한테만 미쳐서 개가 한 끼만 안 먹어도 별의별 짓을 다 하며 개 입맛만 맞추느라 난리다.

정말 애완견이 아니라 꼴불견이라 봐줄 수가 없었다.

그러다가 내가 지금 뭐 하는 짓이지?

내가 개하고 상대를 한단 말인가?

마음이 은근히 병들어가고 있는 듯한 남편인데, 그래도 지금 포니 사랑에 빠져 위로받고 있는데 다행이라고 생각해야지 하며 마음을 고쳐먹었다.

아마도 늙으면 부부가 서로를 측은하게 보기에 연민의 정으로 사나 보다.

家族

(가족)

"내가 죽으면 이 일기장을
한 번이라도 읽어봐 주고
버리도록 해라."

나의 바람

나이가 들고 보니까 부러운 것이 없고, 갖고 싶은 것이 없어진다.

예전 같으면 시장에 나가서도 예쁜 그릇을 보면 꼭 사야 직성이 풀렸는데 이제는 '저건 사서 뭘 하나. 있는 것도 정리해야 하는데.' 하는 생각이 든다.

나이가 들면 아마도 마음도 같이 늙나 보다.

필요 없는 살림살이는 하나둘 정리하고 싶은 생각이 든다.

몇십년째 써왔던 일기장도 언젠가는 쓰레기통에 들어갈 것 같아 한번은 둘째 딸에게 이런 말을 한 적이 있다.

"내가 죽으면 이 일기장을 한 번이라도 읽어봐 주고 버리도록 해라. 엄마가 그동안 살아온 삶의 흔적을 기록한 것인데 누구도 한번 읽어주지 않고 쓰레기통에 들어가면 너무나 허무할 것 같구나.”

따뜻한 성품을 지닌 눈물 많은 우리 둘째 딸은
“당연하지, 난 엄마 일기를 보면서 많이 울 것 같아.”라고 하며
벌써부터 목소리가 메는 것 같았다.

영원히 머물 수 없는 인생이기에 언젠가는 사랑하는 가족들과
이별할 것을 생각하니 지금부터 눈가에 이슬이 맺히는 것 같다.
아무쪼록 건강하게 씩씩하게 살다가 자식들에게 괴로움을 주지
않고 아쉬울 때 떠나는 게 나의 바람이고 소망이다.

너무나 고달팠던 시간들

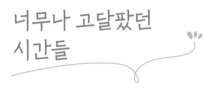

몇 년 전의 일이었다.

아마도 그때가 나의 일생 중 가장 고통스럽고 힘든 시기가 아니었나 생각된다.

오래전부터 앓아왔던 퇴행성관절염 때문에 그 고통이 이루 말할 수가 없었다. 아플 때마다 임시방편으로 연골주사를 맞으며 하루하루를 버티고 살았다.

젊은이들도 감당하기엔 힘든 대가족의 살림살이를 70이 넘은 늙은이가 감당하기엔 너무나 힘든 고행길이었다.

하지만 아프기 전까지만 해도 기쁘고 즐거운 마음으로 살림을 충실하게 해 나갔기에 가족들은 물론이고 나 자신 역시도 나의 체력을 과신하고 있었다. 게다가 너무 피곤해서 그런지 불면증에 시달려 두세 시간 자는 날도 있었고, 날을 새다시피 뜬눈으로 지낸 날도 있었지만 표현을 안 했기에 가족들은 아무도 눈치를 채지 못했다.

이제야 나의 일기장 속에서 그때의 그 고통을 다시금 기억할 수 있게 되었다.

지금 생각하니 내 몸이 망가져 가고 있다는 것도 모르고 무슨 생각으로 그런 미련한 곰탱이 짓을 했는지 모르겠다. 하지만 내 어깨에 짊어진 책임감과 나 한 사람의 희생으로 여러 사람의 일상이 평정을 찾을 수가 있다는 것을 생각할 때 모든 것을 즐거움으로 받아들일 수밖에 없었다.

그중에 식성 까다로우신 노모의 수발이 너무나 힘든 부분을 차지했다.

늘 하시던 말씀이

'나는 네가 해주는 음식이 제일 맛있더라.' 하시며, 교회에 가서도 요리 잘하는 딸이라고 자랑하셨다고 한다.

본인이 너무나 건강하셔서 딸의 고통을 이해 못 하셨던 것 같았다.

밥상에 똑같은 음식이 두 번 올라가는 건 싫어하시고 새로운 것만 좋아하시기에 그 비위를 다 맞춰드리느라 너무나 힘들었다.

예를 들면 쇠고기를 듬뿍 넣고 곰국을 맛있게 끓여 아침 밥상에 올려놓았더니 아주 맛있게 드셨다고 좋아하셔서, 저녁 밥상에 한 번 더 들여갔더니 아니나 다를까 "아니 아침에 먹었는데 또 먹니?" 하시는 게 아닌가.

그때엔 나도 열이 뻗쳐 한마디 대들었다. 아니 누가 한끼 먹자고 여러 시간 고아야 하는 곰국을 끓이겠는가? 그랬더니 "너무 잘 먹어서 과만해서 그러는 거"라고 변명하시는 게 아닌가?
치매는 아니시구나 하고 안도의 한숨을 쉴 수가 있었다.
어머니는 노인치고는 굉장한 미식가이시며 대식가이시다. 밥상에 새로운 반찬이 서너가지 있어야 좋아하신다.

제일 좋아하시는 게 생선 초밥이라 일주일에 적어도 한 번씩은 해드리는데 열네 개씩은 거뜬히 잡수시고 만족해하신다. 잘 잡수시는 모습을 보며 이제 사시면 얼마나 사시겠나 하는 측은한 생각에 전혀 힘든 줄도 모르고 기쁜 마음과 사랑으로 봉양했었다.

이런 모습을 지켜보는 우리 딸은 엄마에게 휴식 시간을 주려고 자기가 할머니를 맡을 테니까 아빠랑 여행 다녀오라고 해서 가끔 가다 콧바람을 쐴 수가 있었다.
여행 떠날 때마다 마음 편안히 다녀온 적이 없었다. 젊었을 땐 시어머니 눈치 보며 그동안 잡수실 것 준비하느라 그랬고, 늙어서는 친정엄마 식성에 맞춰 식사를 준비하느라 일평생을 마음 편하게 여행해 본 적이 없었다.

하지만 이 모든 것을 긍정적으로 생각하면 내 나이 70이 넘어서도 나의 존재가치가 쓸모없는 노인네로 전락하지 않고 여러 사람에게 필요한 존재였다는 게 무엇보다 더 보람 있었다고 생각된다.

포니의 속 깊은 뜻

새벽녘 한 서너 시쯤 되었던 것 같다.

잠이 안 와서 이리 뒤척 저리 뒤척하고 있는데,
불이 켜진 거실 쪽에서 "쿵" 하는 소리가 들리는 게 아닌가?
이상한 예감이 들어 얼른 뛰쳐나가 보니 남편이 정신을 잃은 채
쓰러져 있어서 깜짝 놀랐다. 아마도 목이 말라 냉장고에 있는 음
료수를 마시러 갔다가 그런 변을 당한 모양이다.

쓰러진 남편의 손에는 베지밀 빈 껍데기가 쥐어져 있었다. 그런
데 우리 집 애완견 포니는 거실 바닥에 쏟아진 베지밀을 핥아먹느
라 정신이 없는 거다. 아무리 짐승이지만 괘씸하기가 그지없었다.

얼른 남편을 눕히고 혈압을 재보니 아주 저혈압이었다. 얼굴을

쳐다보니 너무 창백해서 어떻게 해야 하나, 119를 부를까 생각하고 있는데, 남편이 정신이 돌아왔는지 괜찮을 것 같다고 하였다. 그래서 몸을 따뜻하게 하고 안정을 취했더니 한참 후에야 거의 정상 혈압으로 돌아왔다.

원래 고혈압 약을 먹고 있는데 왜 그런 일이 벌어졌는지 모르겠다. 또 한 가지 이상스러웠던 것은 눈치 빠르고 영리한 우리 포니가 왜 그리 멍청한 개 행세를 했는지 이해가 안 간다.

포니가 우리 집에 입양된 건 4년쯤 전이다.

처음 목적은 나의 우울증을 치료하기 위해서 입양했던 건데, 얼마나 영리한지 3개월 된 강아지 때부터 대소변을 가리고 말썽이라고는 전혀 부리지 않아 귀여움을 받고 있다. 나가서 산책할 때도 사람들이 "이쁘다"라고 하면 어떻게 아는지 꼬리치고 달려들곤 한다.

남편 역시도 그 좋아하는 낚시도 마다하고 극진한 포니 사랑에 빠져있다.

가령 내가 친구와 오래 통화 중일 때는 가만히 기다렸다가 끝을 맺는 인사를 하는 눈치면, 어떻게 알고 침대 위에 올라와 꼬리를 친다.

남편과 대화하면서 오늘 미세먼지가 좋음인가 나쁨인가 얘기하면, 그걸 듣고는 산책 나가는 줄 알고 좋아서 난리다.

지금 생각해 보니 우리 포니가 베지밀을 핥아먹은 것이 제 딴에는 그걸 치우느라 그런 것이 아닌가 싶다. 그렇게 생각하니 포니의 속 깊은 마음을 이해할 것 같다.

Pony야! 미안해~

보이스피싱 사건

　방 안에 있는데 거실에서 전화 받는 남편의 목소리가 떨리는 것이 심상치 않았다.

　막내딸과 관련된 전화였는데 자세한 사정 얘기를 들어보니 우리 딸이 친구 보증을 오천만 원 섰는데 그 친구가 몇 번이나 연기를 하다가 종적을 감춰서 할 수 없이 당신 딸을 납치했으니까, 오천만 원을 안 가지고 오면 신체포기각서를 써야 한다며 위협을 하는 것이었다.

　딸을 바꾸어주는데 울먹거리며 말하는 게 천상 내 딸인 게 분명하고 억양이나 말투에서 의심할 여지가 없었다. 그래서 마침 집에 삼천오백만 원이 있어서 삼천밖에 없다고 하니까 그거라도 가지고 오라는 거다. 그러면서 자기네들이 있는 역삼동 성락교회 앞으로 오라고 하며 남편과 나의 핸드폰을 켜 놓고 있으라고 했다.

그런데 출발 직전에 집에 어린 아기를 두고 나와서 나는 안 가면 안 되겠냐고 그들에게 거짓말을 했다. 그랬더니 그러라고 하였다. 그래서 집으로 올라와서 둘째 딸한테 모든 사정 얘기를 했더니, 동생 회사로 전화를 했던 모양이었다.

잠시 후 곧바로 전화가 왔다. "엄마! 민경이가 회사에 멀쩡히 있는데 무슨 소리야!"

그 소리를 듣고는 얼른 112에 신고하면서, 조금 있으면 남편이 목적지에 도착할 것 같아서 빨리 막아달라고 간청했다.

그 사이 우리 딸이 아빠에게 전화를 한 모양이었다. 그 범인들이 왜 전화를 켜놓고 있으라고 했는데 안 켜놓고 있냐며 남편에게 호통을 쳤다고 한다.

남편은 도착 직전에 아슬아슬하게 돌아오게 되었다.

돈도 돈이지만 딸과 맞바꾸겠다고 한 남편에게 뒤에서 뒤통수라도 쳤으면 어떡할 뻔했나. 그리고 지금 대기업에서 팀장으로 연봉만도 얼만데 5천만 원 때문에 신체포기각서를 쓰겠냐는 둘째 딸의 얘기를 듣고 보니, 정말 그 생각을 왜 못하고 의심을 안 했을까 하는 생각이 들었다.

평상시 보이스피싱 당하는 사람들 보고 "저걸 왜 당하지?" 하며 잘난 척 똑똑한 척하는 우리 남편도 당하고 보니 별수 없나 보다.

손주들의 체취를
그리워하며

아침 식사를 마치고 한가로이 TV 시청을 하고 있는데 둘째 딸의 외동딸인 손녀한테서 전화가 왔다.

핏덩이 시절부터 내가 17년 동안 길러서, 가슴으로 낳은 자식 같은 귀여운 손녀딸이다.

요번에 수능시험을 치렀는데 답안지를 밀려 써서 평상시 성적보다 훨씬 안 좋은 점수를 받아 결국은 원하는 대학에 낙방하고 말았다.

기대했던 식구들의 실망이란 이루 말할 수가 없었다.

새로이 시작하기 위해 미리 등록해놓은 학원이 내일부터 개강이라 비장한 각오로 열심히 해서 내년엔 꼭 합격하겠노라고 밝은 목소리로 나에게 약속하듯이 다짐을 한다.

어려서부터 하도 다재다능하고 예뻐서 남들 눈에 뜨일 만큼 특별한 애라 너무나 기대가 컸었다. 항상 밝고 모든 걸 긍정적으로 생각하며 쾌활하기 그지없는 아이다.

부모의 유전자를 받았는지 미술의 특기가 있어서 미술대학을 지원했는데, 손녀를 위해 아침저녁으로 열심히 기도한 할미의 기도도 별로 효험이 없었나 보다.

네 살 때부터 비싼 어학원에 보내며 딸 하나에게 모든 기대를 걸었던 어미의 심정이 오죽할까?

그 모든 과정을 옛날에 겪어봤던 나로선 말하지 않아도 다 알 것 같다. 기대가 크면 실망도 더 크다고 할 수 있다.

지난 겨울 코로나로 인해 비대 면일 때의 일이다.

공부하느라 바쁜 와중에 쿠키와 파이를 손수 오븐에 만들어서 할머니 할아버지 드시라고 문밖에다 놔두고는, 문밖에 과자 박스가 있으니 들여가시라는 카톡을 보내왔다. 만든 쿠키가 일류제과점에서 파는 것 이상으로 너무나 맛있어서 놀라웠다.

하도 재주가 많아서 그것도 걱정이다. 사람이 재주가 많으면 그만큼 고해도 많다고들 하는데…….

또 한 녀석 4살 차이 막내딸의 외아들은 중학교 3학년인데 말할 수 없이 다정다감한 데다가 여자보다 더 자상하고 남의 비위도 잘 맞추며 뽀얗고 귀여우며 영리한 아이다.

그런데 편식이 심해 야채랑 과일은 입에 대지도 않고 그저 육식만 고집하려고 해서 그게 제일 걱정스러웠었다.

녀석이 집에 있었을 땐 컴퓨터 에러가 나서 작동이 안 돼도 걱정을 안 했는데 지금은 아쉬움이 많다. 기계 만지는 손동작이 너무나 전문가처럼 척척이라 놀라움을 금치 못할 때가 한두 번이 아니었다.

언젠가 어미가 중국으로 출장 갔을 때의 일이다.

굳이 잘 꾸며진 자기 방을 놔두고 늙은 할미랑 자겠다고 내 침대에 와서 내 품에 안기며

"할머니, 어릴 적에 할머니가 내 머리 쓸어주시며 자장가 불러주셨죠? 그때가 생각이 나요~."라고 했다.

아마도 어렸을 때가 갑자기 생각이 났던 모양이다.

"이 녀석아! 할머니 냄새 날 텐데, 싫지 않아?" 그랬더니

"싫긴요~. 저는 할머니 냄새가 좋아요." 하면서 더욱더 안기려고 하는 게 아닌가?

기른 정이 무엇인지 지금도 그때의 모습이 그대로 남아 있는 손

주 녀석의 체취가 남겨진 방을 하루에도 두어 차례 들여다보면서 여러 가지 생각에 잠겨볼 때가 있다.

　이제는 시간이 지나고 보니까 점점 멀어져만 가고 과외다 뭐다 시간에 쫓기고 있는 녀석들이 안타깝기만 할 뿐이다.

　두 딸의 자식들이 마치 친남매처럼 가까이 지내는 모습을 흐뭇하게 쳐다보시며 저세상 떠나신 엄마 역시 늘 식구처럼 드나드는 손녀들과 증손주들을 보시면서 늘 기뻐하시며 입가에 미소가 지워지지 않던 그 모습이 오늘따라 유난히 그리워진다.

세 딸들과의 추억과 행복했던 교회 생활

재작년 내 생일 때의 일이다.

딸 셋을 데리고 호캉스라는 것을 해보았다.

딸 셋이 동시에 시간 맞추기란 그리 쉽지 않았지만, 요즘에 와서는 어미와의 시간이 그리 많지 않다는 생각이 드는지 언젠가도 브런치 카페라는 곳에 가서 함께 즐거운 시간을 보낸 적이 있었다. 그리고 지난 내 생일에는 저희들 세 자매들이 의논을 했는지 우이동 파라스파라 호텔을 예약해서 1박 2일 동안 노천온천도 즐기며 호강하고 왔다.

스위트룸의 큰 평수를 할인받았다고 하는데 너무나 고급스럽게 잘 꾸며져 황홀감마저 들었다.

요번은 여자들끼리만 즐겨보자는 목적으로 계획을 짠 것 같았다. 더군다나 28살 맏손녀까지 합세해 여자 넷이서 밤새껏 수다 떨고 케익 자르고 나의 생일을 축하해 주느라고 신경들을 많이 쓴 것 같았다.

하지만 그래도 부부가 뭔지 혼자 쓸쓸하게 지내고 있을 남편 생각을 하니 걱정이 되고 마음이 편치 않았다. 그래도 딸들이 아빠에게 생선 초밥을 배달시켜 보내고 끼니 걱정을 안 하게끔 신경들을 쓴 것 같다.

나의 생일은 음력 12월이라 한창 추울 때다. 그래서 몇십 년 전 경기가 한창 좋았을 때는 나의 생일을 용평 스키장에서 보내곤 했었다.

드래곤 호텔에서 지냈던 일들이 새삼 뭉게구름처럼 떠오른다. 아이들을 모두 스키학교에 넣어 열심히 가르치던 남편의 모습……. 이 모든 것이 지나간 꿈같던 추억으로만 남아 있을 뿐 지금은 모든 환경과 처지가 바뀌어서 그런지 허전하고 쓸쓸한 마음은 주체할 길이 없다.

인생이란 것이 이렇게 스크린의 화면처럼 지나간다는 것이 못내 아쉽기만 하다. 그래도 남은 시간을 요긴하게 후회 없이 지내보자고, 요즘은 내가 오히려 남편에게 위로하며 권하고 있다.

남편은 그렇게 좋아하던 낚시도 접은 채 꼬박 3년째 두문불출이다. 대신에 거실에다 수족관을 네 개나 마련하여 물고기와의 인연은 끊을 수가 없나 보다.

요즘은 다니던 교회도 나가지 않고 온라인으로 예배를 보고있다. 한때는 성가대에 우리 가족 6식구가 봉사하며 지낸 적이 있어서, 교인들로부터 축복받은 가정이라고 부러움을 산 적도 있었다.

20년 이상을 우리 부부가 성가대 봉사하면서 남편은 성가대장으로 6년간 직분을 수행한 적도 있었다. 교회에서는 아주 오래전부터 장로로 피택되기를 권유하고 있었지만, 자신의 부족하고 설익은 신앙 가지고는 그런 직분을 감당할 자신이 없다고 항상 사양하곤 했다.

지금 생각하면 그때의 그 세월이 가장 행복하고 평화로웠던 것 같다. 교회 예배를 마치고는 항상 지휘자님을 모시고 성가대원 몇 명이 우리 집에 오셔서 저녁 식사하고 중창 연습을 했던 그때 그 시절이 그립기만 하다.

남편과 동갑내기이며 친히 지냈던 작곡가로서 대학에서도 제자들을 많이 양성하고 배출해내신 유명하고 멋진 지휘자 선생님이 갑자기 쓰러지셔서 거동을 못 하신다는 소식을 듣고 충격을 받았는데, 또 친하게 지내고 존경했던 장로님마저 심한 우울증으로 집에서 꼼짝 안 하신다는 등 가깝게 지냈던 친지들의 우울한 소식을 들으니 자기 자신도 우울증에 걸린 것 같다고 한다.

이 모든 것이 믿음이 부족한 탓인 줄 알면서 마음대로 안 되나 보다. 아무도 만나고 싶어 하지 않는 것 같다.

하지만 나의 기도는 이럴수록 더욱 절실해지며 멈출 수가 없다.

"항상 기뻐하라,

쉬지 말고 기도하라,

범사에 감사하라.

이는 너를 향하신 하나님의 뜻이니라."

하는 하나님의 가르침에 따라 오늘도 열심히 기도하고 있다.

그리운 엄마

이 나이가 되고 보니 마지막이라는 단어가 왠지 섬뜩하고 기분이 안 좋을 때가 많다. 마지막이라는 말은 그다음이 이어지지 않는다는 말이 아닌가?

따스한 햇살과 함께 찾아온 이 봄도 앞으로 몇 번이나 나에게 찾아오려나.

혹시 마지막은 아니겠지?

괜히 찜찜한 생각이 들 때도 있다. 하지만 나의 친정엄마 DNA를 받은 내가 100세까지는 못살아도 지금보다는 설마 몇 년은 더 살지 않겠나 하고 스스로 위로하게 된다.

하지만 엄마와 나는 생김새도 닮지 않았지만, 성격도 판이하게 다른 모녀이다. 닮은 구석이라고는 찾아볼 수가 없다.

엄마께선 몸을 금쪽같이 아끼시고 대단한 이기주의자셨다. 정신력이 대단하시고 97세 나이까지도 미장원 출입도 자주 하시며 당신의 외모에 신경 쓰시고 의복도 젊은 사람 옷으로 입기를 좋아하셨다.

당신의 옷장 정리하신 걸 남들이 보면 놀랄 정도다.

곁에서 지켜본 나는 엄마를 통해 장수비결을 알 수가 있었다. 정해진 수면 시간은 꼭 지키시고, 한 시간이라도 덜 주무신 날엔 난리가 아니셨다.

65세까지 학원에서 일본어 강사로 일하셨다.

다리 아픈 것도 모르시고 허리 아픈 것도 모르셨으니 그보다 더 큰 축복이 어디 있었겠는가?

민약에 아픈 곳이 많아 골골하셨다면 하나뿐인 자식인 내가 얼마나 힘들었을까?

가만히 생각해보니 너무나 감사한 일이다.

하지만 고령의 나이로 대식구를 거느리는 딸의 고충을 외면하시는 엄마에게 섭섭할 때가 많았다.

퇴행성 관절염에다 불면증에 시달리는 딸의 고통을 모르는 척하시고 끼니마다 색다른 음식만 밥상에 올려야 좋아하셨다.

나 자신이 음식 만드는 게 취미였고, 식구들이 맛있게 먹어주는 그 재미에 피곤한 줄도 모르고 괴로운 줄도 몰랐다. 하지만 무릎의 통증이 심하다가 보니 나중에는 5층에서 뛰어내리고 싶은 생각마저 들었다.

이런 고통을 식구들에겐 내색을 하지 않았다.

그저 몰라주는 노인네가 야속하다는 생각만 들었다.

하기야 지금 생각해보니 이 세상 머물러있을 시간도 얼마 남지 않은 엄마로서는 모든 것을 최대한으로 누리고 싶으셨을 거라고 생각된다. 마음대로 다닐 수도 없고 보행의 자유도 마음대로 누릴 수 없었던 엄마로선 낙이라면 오롯이 잡수시고 싶은 것 실컷 잡수시는 게 꿈이 아니었을까?

가만히 돌이켜보면 그때부터 치매기가 슬며시 엄마에게로 다가오기 시작한 것 같기도 하다.

나를 유난히 걱정하고 사랑했던 엄마였는데.

다 커서 대학 다닐 때도 집을 나서는 나에게 늘 "밥 먹을 땐 꼭 물부터 먹고 먹도록 해라~." 하시며 보이지 않을 때까지 손을 흔드셨던 나의 엄마.

'너는 나에게 성냥개비 하나와도 같은 존재'라고 늘 말씀하셨던 기억이 난다.

꺼지면 다시 켤 수 없는 그러한 소중한 존재라고 늘 말씀하시곤 하셨다.

그랬던 내가 하필이면 외아들 외며느리로 시집을 가서 엄마와의 추억도 없이 살아왔던 것을 생각하면 분한 생각이 들 때도 많았지만, 그래도 엄마가 좋아했던 사위와 결혼했고 마지막엔 17년이란 세월을 함께 생활할 수 있었다는 게 너무나 감사할 뿐이다.

요번 11월이면 벌써 2주기가 되는 엄마가 오늘따라 그립고 보고 싶다.

아직까지도 엄마가 방에 계시는 걸로 착각하고, "할머니 방에 가봐. 거기엔 있을 거야." 하고 가보면 찾고자 하는 물건이 그곳에 꼭 정돈된 상태로 기다리고 있다.

어제도 굵은 실과 바늘이 필요해서 찾다가 그곳에 가보니 역시 있어서 너무나 쉽게 찾을 수 있었다.

항시 눈 감고도 찾을 수 있도록 정리 정돈을 중요하게 여기시던 나의 엄마다.

자랄 때도 엄마에게 정리 정돈 문제로 꾸지람을 들었지, 다른 문제는 하나도 거역해 본 적도 없고 모범생 중의 모범으로 지냈다.

고등학교까지도 매우 엄격하고 규율이 대단한 학교에 다니다 보니, 그때부터 내 팔자는 자유로움하고는 거리가 멀었던 것 같다.

아직까지도 엄마의 체취가 남아 있는 물건들을 없애지 못하고 있다.

남들이 고인의 물건을 간직하면 나쁘다고 해서 없애긴 없애야 겠는데…

특별히 아끼던 몇 벌의 옷은 내 장롱 속에 간직하고 나머지 옷은 다 없앴지만, 그 밖의 남은 소지품들은 어떻게 해야 할지 모르 겠다.

오늘 같은 날이면 더욱더 그리워지며 먼 곳에 계신 엄마에게 묻고 싶다. 해답을 가르쳐달라고…….

나의 정성과 속마음

얼마 전까지만 해도 에어컨 없이는 잠을 편히 잘 수 없었는데, 이제는 바깥의 찬 공기가 싫어질 정도로 따뜻한 온기가 그리워지는 시기가 돌아왔다.

아침과 낮의 일교차가 너무 크다 보니 우리 같은 고령자들은 감기를 조심해야 할 시기가 아닌가 한다.

요즘은 봄, 가을이 너무나 짧아 아쉽기 그지없다.

마치 여름 겨울만 존재하는 것 같아 이제는 춘추복이 필요 없을 정도가 되었다. 딸들이 사준 옷들도 다 입어보지 못하고 계절이 바뀔 때가 많다.

인생의 끝자락을 맞이한 우리네들한테는 겨울이 유독 쓸쓸하고 싫은 느낌만 든다. 아마도 인생의 겨울이 와서인가 보다.

며칠 전 추석 때 일이다.

나는 음식 만들기를 좋아하는 성격인데, 몇 년 동안 코로나로 인해 식사 모임을 생략하기로 해서 우리 내외만 단출하게 명절을 맞이하곤 했다.

물론 아이들이 만류하며 이제 엄마 나이도 얼마인데, 그 손이 많이 가는 일을 왜 하냐고 식당에 가서 간편히 먹으면 된다고 하며 반대를 했다. 하지만 그간 매번 하던 일을 멈춘 데는 내가 다리 수술을 한 이유도 있었고 엄마가 세상 떠난 이유도 있었다.

요번에는 오랜만에 아이들 입에 맛있는 것들을 넣어주고 싶어 요것 저것 사다가 미리 정성껏 준비를 해봤다.

다른 때에 비하면 물가가 너무 올라서 메뉴를 세 가지 정도 줄인 것이다.

나의 단골 메뉴인 해파리해물냉채는 요번에 생략하기로 했다. 예전 갈비찜에는 밤과 대추만을 넣었는데, 이번에는 표고버섯과 당근도 먹음직스럽게 곁들여 넣었더니 더욱더 맛도 좋고 비주얼도 좋아 보였다.

요번엔 오래간만에 양배추말이를 해봤다. 내 생각대로 맛있게 된 것 같았다.

그 밖에 홍어회와 새우튀김, 더덕구이도 곁들였다.

요즘은 밥들을 잘 먹지 않기에 잣죽을 준비했다.

물론 요사이에는 직장에서 식사도 너무나 잘 나오기에 걱정할 것은 없지만, 장모 입장에서 보면 내 딸들의 직장생활이 너무나 바쁘고 힘들다 보니 아내들에게 집밥 얻어먹기 힘든 사위들이 왠지 안됐다는 생각이 들어 한 끼라도 편하고 맛있게 먹이고 싶었다.

진짜인지 가짜인지 맛있다고 먹어주는 자식들이 한없이 고맙고 내 수고가 헛되지 않게 되어 보람있는 명절을 보냈다.

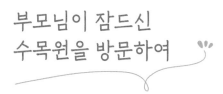

부모님이 잠드신
수목원을 방문하여

요 며칠 전 남편과 함께 어머니, 아버지가 편히 잠들어 계신 포천 광릉수목원에 다녀왔다.

며칠 있으면 추석도 다가오고 더 추워지기 전에 가서 뵙고 와야겠다는 생각에 하얀 장미꽃 두 다발을 사 가지고 갔다.

생화는 개미와 벌레들이 몰려들어 나무에 해를 끼친다고 해서, 오래 두고 볼 수 있도록 조화를 풍성하게 준비해 갔다.

남편이 미리 준비해 간 삽으로 땅을 파서 움직이지 못하게 심었다.

가는 길은 숲이 우거지고 너무나 경치도 좋고 공기도 좋은 곳이기는 하나, 몇 년 전 갔을 때와는 달리 길이 너무나 가파르다는 느낌이 들어서 발발 떨면서 간신히 올라갔다.

다행히 등산용 스틱 두 개가 힘을 받쳐줘서 겨우 올라갔지, 안 그랬으면 못 올라갈 뻔했다. 다른 사람들을 쉽게 오를 수 있겠지만, 인공관절 수술을 한 내 다리로는 너무나 힘이 벅찼던 것 같다.

하지만 계단도 못 오르내리던 내가 몇 년만에 처음으로 이곳에 올 수 있다는 게 가슴 뿌듯하고, 보고 싶은 부모님을 만난 것 같아 너무나 마음이 가벼워지는 느낌마저 들었다.

엄마가 이곳 산장 수목장을 미리 택한 데는 이유가 있었다.

사랑하는 막냇동생이자 내가 좋아했던 네 살 차이의 외삼촌이 이곳에 잠들어 있기에, 엄마도 그 곁에 함께 영면하고 싶으셨는지 십수 년 전에 이곳에 자리를 마련하셨다.

몇 년 전 납골당에 계셨던 아버지의 유해를 이곳으로 이장하셨고, 재작년 엄마마저 100세를 맞이하던 그해에 백수연 잔치를 하신 지 5개월 후에 하나님의 부르심을 받으시고 하늘나라에 가신 것이다.

딸과 사위가 왔는지도 모르시는지 대답 없는 엄마,
아버지 앞에서 찬송가와 기도로 예배를 드렸다.
인생의 무상함을 절실하게 느끼는 순간이었다.
누구나 마지막엔 한 줌의 흙으로 돌아가건만 사람들은 왜 그렇게 살아있는 동안 아웅다웅 힘들게들 살아갈까?
나 자신도 머지않아 똑같은 과정을 밟고 생을 마감하겠구나 하고 생각하니 너무나 허무한 느낌이 들었다.

　그곳에서 내려와 외삼촌 묘비 옆에 백장미를 박아두고 생시에 즐겨 부르셨던 '오 오 내 사랑 목련화'를 녹음해 가지고 가서 들려드렸다.

　죽은 자는 말이 없다고 하지만 사랑하는 조카가 온 줄 알면 얼마나 반가워했을까?

　알츠하이머 치매를 앓을 때도 내가 찾아가면 그렇게 좋아하던 외삼촌이었는데……

　아쉬움을 남긴 채 뒤로 돌아서는 발걸음이 너무나도 무거웠다. 하루 종일 나의 지팡이 노릇을 해준 남편이 고맙기도 해서 포천하면 유명한 이동갈비촌을 네비로 찍고 가서 점심을 먹고 집으로 돌아왔다.

　더 추워지기 전에 다녀온 것이 정말 잘했다는 생각이 드는 뜻깊은 하루였다.

코로나의 슬픈 사연

　지난 4년은 나에게 많은 시련과 고통을 주었던 시간이었다.

　엄마를 손 한 번도 못 만져보고 하늘나라로 떠나보낸 가슴 아픈 일도 있었고, 인공관절 수술로 오랜 고통을 참고 견뎌왔던 나의 무릎을 통증으로부터 해방시키기도 했다.

　코로나라는 상상도 못 한 괴이한 전염병 때문에 수술 이후 제대로 재활 운동도 못 한 채 송추에 있는 요양원으로 엄마를 모신 것이 너무나 가슴이 아팠지만, 코로나가 무시무시하게 퍼지다 보니 엄마를 공기 좋은 곳으로 모신 것이 얼마나 다행스러웠는지 몰랐다.

　이곳저곳에서 고령자들이 실려나가고 죽음을 맞이하는 것을 볼 때 엄마를 안전한 곳으로 모신 것이 너무나 다행스러웠다.

　하지만 나중엔 요양원 면회도 자유롭지 않아서 그곳 종사자님

들이 거의 매일 같이 동영상으로 식사하는 모습까지 보여주셔야
답답한 마음을 덜고 안심을 할 수 있었다.

 시설이나 환경을 보면 공기도 좋고 친절하고 너무나 좋은 곳이
라고 생각했었고 엄마 역시도 면회 갈 적이면 음식도 입맛에 딱
맞는다고 만족해하셨다.

 싫은 게 있다면 목욕을 너무나 자주 시켜서 그것이 불만이라고
하시는 거였다. 그 말을 듣고 요양원에서 잘 챙겨주시는거 같아
너무나도 안심이 되었고 뒤돌아서는 발걸음이 가벼웠다.

 하지만 엄마가 나를 보는 시선이 예전과는 다르게 보였다.

 엄마가 좋아하시던 음식들을 쇠고기 산적이나 이에 무리가 되
지 않는 부드러운 것들로 정성껏 해갔건만, 왠일인지 배부르다며
안 드시는 것이었다. 다행히 면회 간 다른 식구들이 모두들 즐겁
게 먹어줘서 위안이 되긴했지만 엄마가 안드시니 많이 속상했다.

 그 후에 누군가의 말을 귓결로 들었는데,

 딸이 자신을 멀찌감치 이곳에 갖다 버렸다고 하셨단다.

 그 소리를 듣고 하도 기가 막혀서 잠이 안 왔다. 그리고 그제야
내가 수술을 했는데도 좀 어떠냐고 물어보지도 않으셨구나 하고
엄마에 대한 서운한 마음을 다소나마 풀 수가 있었다.

그 후 어느 날 아침이었다.

우리 집 근처에 엄마가 가고 싶어 하시던 가까운 요양원이 있었는데, 대기 번호 100번이던 그곳에서 오늘 자리가 하나 나왔으니 빨리 모셔 와서 입소시키라는 전화가 온것이다. 그래서 둘째 딸과 남편이 엄마를 모시러 갔다.

나는 아직 다리가 자유롭지 못하니 집에 있으라고 해서, 둘째 딸이 앰뷸런스로 모셔 와 병원에서 모든 검사와 과정을 거쳐 엄마가 원하시는 대로 아주 가까운 곳에 입소하시게 되었다.

그 후 갔더니 그제야 미소를 지으시며 원장에게 나의 칭찬을 말도 못 하게 하시는 거다.

우리 딸은 세상에 없는 효녀 심청이라고…….

엄마의 속내를 알고 나니 이해가 갔다. 잠시도 딸과 떨어지면 불안해하시던 분이 낯선 곳으로 보내드렸으니 그런 생각이 왜 아니 드셨겠나 하고 이해했다.

딸의 곁으로 오셔서 그렇게 기뻐하시며 좋아하셨던 것도 잠시 잠깐이었고, 면회도 자유롭게 할 수 없었기에 그 후 오랜만에 면회가 허용되어 딸과 함께 찾아뵈었더니 나와 손녀를 전혀 못 알아보는 것이었다.

억장이 무너져 딸과 함께 성내천 벤치에 앉아 울었더니 딸이 나를 위로해 주었다.

"엄마, 차라리 할머니가 기억 못 하시는 게 어떤 면으로는 더 나을지도 몰라. 그래야 슬퍼도 안하시고 비관도 안 하실 거 아냐."

듣고 보니 맞는 말인 것 같기도 했다.

엄마께선 귀가 잘 안 들려서 불편해하셨다. 보청기를 해드렸지만 자리잡을 동안을 못 참으시고 빼버리셔서 혼자서 산책하시기를 두려워하셨다.

옛날부터 내려오는 '부모 돌아가신 후에 후회하지 말고 살아생전 효도하라.'라는 말이 가슴에 절실하게 와닿는 느낌이었다.

나도 고령인 데다가 너무나 대식구들을 거느리다 보니 엄마를 세세하게 케어한다는 것이 버거웠던 것 같다.

그래도 좀 더 잘해드릴걸…….

정성껏 엄마의 입맛을 맞춰드린거에 대해서는 여한은 없다.

하지만 결국은 코로나에 감염되어 돌아가셔서 너무나 가슴이 아프다. 차라리 공기 좋은 그 전 요양원에 계셨더라면 코로나로 이렇게 슬프게 생을 마감하시지는 않았을 텐데…….

그 동안 많은 코로나 희생자 가족들이 겪어왔던 고통과 아픔을 함께 공감하면서 위로 받았으면 좋겠다.

홍시

요즘 가을이 절정이다 보니 동네 과일가게에는 홍시가 즐비하게 진열되어있다. 그걸 볼 때마다 또 엄마 생각이 난다.

집 근처 요양원에 내가 마지막으로 뉴 케어 한 박스랑 홍시를 사서 들여보냈는데…

그리 좋아하시던 홍시를 잡숫지 못하고 떠나신 걸 생각하면 가슴이 미어지는 것 같다.

아무리 가까운 거리에 있다지만 내가 그 무거운 박스를 들고 갈 수는 없어서 남편더러 차에 싣고 가달라고 해서 요양원에 갔을 때였다.

그런데 119 구급차가 와 있고 원장이 방호복을 입고 분주히 왔다 갔다 하는 걸 보니 아무래도 분위기가 심상치가 않았다.

재작년 이맘때는 코로나가 너무 심해서 면회도 못 하고 이곳저

곳의 요양 시설에 있는 고령자들이 하나 둘씩 죽음을 맞이하였다.

걱정스러운 마음에 집에 와서 원장에게 전화를 했다.

우리 엄마는 어떠시냐고…

그랬더니 어머니는 식사도 잘 하시고 컨디션도 좋고 체온도 정상이니 걱정 말라고 했다. 하지만 다른 사람의 소식을 통해 알아본 결과 그곳에 코로나 양성자가 스물두 명이나 나왔다고 하였다.

그런데 원장은 왜 쉬쉬하고 숨기려고 했을까?

마음이 왠지 불안하고 초조해서 도저히 가만히 앉아있을 수가 없어 엄마가 계신 그곳으로 또 달려가 봤다. 역시나 119 차가 대기하면서 환자들을 들것에 실어 나르고 있는 게 아닌가?

집으로 와서 요양원 원장에게 또 전화를 걸었다.

원장의 대답이 아직은 무사하니 안심하라고 하였다.

그런데 조금 있다가 전화가 왔는데 원장의 다급한 목소리로 지금 어머니가 위험해서 산소호흡기를 끼고 계시다고 하였다.

그 소리를 듣는 순간 너무나 충격을 받아 대성통곡을 하고 몸부림을 쳤다.

소식을 듣고 이천 하이닉스에 근무하는 막내딸도 택시를 타고 달려왔다.

딸들이 원장에게 왜 거짓말을 했냐며 항의를 하며 크게 화를 냈더니 그제서야 구급차에 엄마를 싣고 응급실을 찾아다니는 것이었다.

그 당시에는 서울 어느 곳에서도 응급실이 초만원이라 코로나 환자를 받아주는 병원을 쉽게 구할 수가 없었다.

한참 만에야 운전기사로부터 전화가 왔다.

경기도 남양주에 있는 병원 응급실에 자리가 겨우 몇 개 있어서 그곳으로 모셨다는 것이었다. 모든 식구들이 그곳으로 달려갔다. 지금 생각해보면 그 당시는 전쟁터를 보듯 아비규환 그 자체였다.

날씨도 초겨울처럼 을씨년스럽고 가슴이 떨리고 무어라고 표현할 수 없을 정도의 심경이었다.

다들 집으로 보내고 우리 내외만 그곳 대기실 한쪽 구석에서 밤 늦게까지 기다리고 있었다. 엄마를 중환자실로 옮겼다고 하며 방호복을 입고 들어가 면회를 하겠냐며 하얀 가운 입은 의사가 나와서 우리의 의견을 물었다.

나는 그 순간 뛰어 들어가 엄마를 끌어안고 뺨이라도 비비며 펑펑 울고싶었지만, 다들 말렸다. 의사 역시도 코로나가 너무 위험해서 권하고 싶지 않다며 엄마가 워낙 고령이시니까 마음의 준비를 하라는 것이었다.

우리 내외는 거의 자정 무렵까지 있다가 집으로 돌아왔다. 그런데 결국 새벽녘에 사랑하는 엄마가 운명하셨다는 비보를 전해들었다. 이미 각오했던 터라 크게 놀라지도 않고 눈물도 너무 쏟았기에 흘릴 눈물도 없었다. 그냥 넋이 나간 체 엄마의 비보를 듣고 모든 식구가 병원으로 달려갔다.

그때엔 아무리 가족이라해도 시신 옆에 얼씬도 못 하게 했다.

막내딸이 할머니께 선물로 준비한 고운 수의도 입혀드리지 못한 채 관 위에 씌워놓은 모습을 멀찌감치에서 흐느끼면서 볼 수밖에 없었다.

큰 딸이 재빨리 장례식장을 마련해 빈소를 마련하고 꽃장식을 하며 넋 나간 어미대신 세 딸이 저들끼리 알아서 연락하고 여러가지 장례를 위한 일처리를 해주었다. 그 당시엔 그 누구에게도 부고장도 보낼 수 없는 처지였다.

평소에 인간관계가 좋던 큰딸 덕분에 쓸쓸하게만 치러질 줄 알았던 장례식장에 여러 정치인들의 조화와 자식들 앞으로 들어온 조화에 친인척과 지인들의 조문으로 외롭고 초라하지 않은 장례식을 치를 수가 있었다.

더욱이 맏손녀의 외아들인 녀석이 그날 마침 군대에서 제대하는 날이라 장례식에 참석할 수 있어 보고싶은 증손주의 얼굴까지도 다 보고 떠나실 수가 있었다.

엄마가 마지막 가시는 길에 목사님의 기도와 예배가 필요하다는 걸 알면서도, 오랫동안 교회를 섬기지 못한 죄의식으로 교회에 알릴 수가 없었다. 마침 그때 교회 전도사님의 전화가 왔길래 전후 사정을 얘기하며 교회에는 알리지 말고 전도사님이 멀리서나마 기도해 주시기를 부탁드린다고 했더니, 밤늦게 어떻게들 알고 오셨는지 목사님을 위시한 여러 분이 조문을 오셔서 너무나 감사하고 죄송할 따름이었다.

무엇보다 엄마가 오랫동안 섬기시던 교회에 목사님께는 알려서 엄마 가시는 길이 험난하지 않은 행복의 천국 길이 되도록 발인 예배를 부탁드렸다.

엄마의 인생은 막을 내렸다.

백 세까지 장수하셔서 한은 없지만 내 마음속 응어리는 아직도 가시지 않고 슬픔으로 남아 있다.

내가 수술만 하지 않았더라면 엄마가 코로나로 슬프게 생을 마감하지 않았을 텐데…….

손 한번 다시 잡아보지도 못하고 입관 예배도 못 하고 보내드린 게 지금까지도 가슴 저린 후회로 남아 있다.

그리고 요양원 코로나 환자들 틈에서 제대로 식사도 못 하고 굶주렸을 거라는 생각을 하면 너무나도 가슴 아파서 좀처럼 그 기억이 사라 지지가 않는다.

이 쓸쓸한 가을, 며칠 있으면 어느새 엄마가 떠나신 지 2주기가 된다.

지금은 광릉 수목원에 아버지와 함께 잠드셨기에 다소 마음이 놓이며, 두 분의 명복을 두 손 모아 빌어본다.

記憶

(기억)

광화문에 아폴로라는
세미클래식 음악 감상실이 있었다.

쎄시봉의 추억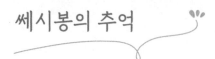

그 옛날 대학 시절 지금의 남편과 사귈 때 자주 들렀던 곳이 음악 감상실이었다.

광화문에 아폴로라는 세미클래식 음악 감상실이 있었다.

그곳에 미니스커트 차림의 가수 윤복희가 등장할 때면 젊은이들의 환호성과 열광적인 박수갈채는 이루 말할 수가 없었다.

그 무렵에 윤복희의 숏커트머리와 미니스커트가 젊은이들에게 큰 유행이었던 것으로 기억된다. 나 역시 숏커트머리를 좋아해서 윤복희 숏컷을 하며 유행에 동참했던 일이 생각난다.

그렇게 예쁘고 발랄했던 그분을 반세기가 지난 지금에 와서 어느 프로에서 잠깐 뵌 적이 있었는데, 많이 변모된 모습을 보고 가는 세월은 막을 수가 없다는 것을 다시 한번 절감하게 되었다.

그래도 가수분들은 TV에서 뵙게 되면 우리네보다는 훨씬 젊다는 느낌을 받는데, 아마도 즐겁게 노래를 부르다 보면 엔돌핀이 나와서 서서히 늙어가나 보다.

또 그때 그 시절 청춘 남녀들이 자주 들락거렸던 무교동 쎄시봉은 그 시대의 낭만적인 장소로서, 그곳에 가면 그때 인기 절정이었던 송창식, 조영남 등 쎄시봉 멤버들의 기타 연주를 마음껏 라이브로 감상할 수가 있었다.

최근에 그분들을 TV에서 반갑게 만나 뵐 수 있었다.
정훈희도 동참하여 "안개"를 부르며 옛날 추억들을 회상하며 즐거운 시간을 보내는 프로그램이었다.
하지만 보는 내내 나도 모르게 세월의 처절함을 느끼면서 왠지 모르게 우울해졌다.
그 옛날 펄펄 끓었던 그 패기와 정열은 어디로 갔는지 역시 세월의 흐름은 막을 수가 없나 보다.

옛 추억이 생각나서

언젠가 홍대 앞 딸 내외의 디자인 사무실에 들른 적이 있었다.

가까운 거리의 옛날 내가 4년 동안 다녔던 이대 입구는 지금쯤 어떻게 변했는지 가보고 싶어서 한번 들렀다.

내가 자주 이용했었던 정문앞 바둑이네집(구두 수선집)이며 숙녀 다방, 빅토리아 다방이며 빼곡히 들어섰던 양장점, 미용실까지 모든 것이 54년이 지난 지금 그대로 있을 리가 없었다.

옛날 강의 시간에 늦을세라 하이힐을 신고 아스팔트에 구두 굽 자국이 날 정도로 바쁜 걸음으로 뛰다시피 걸어 다니던 시절이 있었다. 나는 키가 작은 편이라 높은 힐을 애용했는데 지금 관절이 안 좋은 것도 그 탓이 아닌가 한다.

그 시절 이대 입구는 제2의 명동이라고 할 만큼 화려했고, 그만

큰 넓어 보였는데 몇십 년만에 가보니 왜이리 좁아 보이는지…….

그 시절에는 기성복이 잘 나오지 않아서 여유 있는 집에서는 맞춤옷을 많이 이용했다.

나 역시 외동 자식이기에 이대입구 아니면 명동에 가서 곧잘 맞춰입곤 했었는데, 지금 생각해보니 대학생 신분으로 너무 사치를 부렸던 것이 아닌가 하여 부끄럽기 짝이 없다.

자기 목표가 뚜렷해서 열심히 노력하고 공부하여 훌륭하게 된 동문도 수없이 많다. 나 역시 그 당시에 목표를 세워 열심히 공부하고 삶의 방향성을 세웠더라면 훌륭한 재목이 되어 이 사회에 도움이 되는 사람이 되지는 않았을까 하는 생각에 모든 것이 후회로 남아 있다.

결코 시간과 기회는 기다려주지 않는다는 것을 다시금 절감하게 된다.

반세기 만에 찾은
그때의 그 낚시터

몇 년 만에 느껴보는 감정일까?

정신이 맑아지고 숨이 확 트이는 것 같은 느낌이다. 마치 좁은 공간에 갇혀 있던 나비가 날개를 펴고 공중으로 훨훨 나는 듯한 느낌이라고 해야 하나?

물론 근래 몇 년 동안 코로나라는 어두운 그림자 아래서 공포와 두려움 속에 지내느라 아까운 시간들을 묻히고 살았던 거며, 인공관절 수술이라는 어마무시한 수술을 시도했던 전후과정을 통해 이 몇년이란 세월은 나에게 너무나도 힘든 세월이었던것 같다. 이제는 나에게서 고통이라는 단어는 삭제하고 싶다.

차도 차박을 할 수 있는 자동차로 바꿨겠다, 남편은 며칠 전부터 1박 2일의 캠핑을 준비하면서 우울감에서 벗어났는지 명랑하고 생기가 나는 것이, 얼마 전과는 전혀 다른 모습이었다.

그런 모습을 보면서 이런 생각을 했다.

아무리 나이가 먹고 늙었어도 감정은 아직도 죽지 않고 살아 있구나. 어떻게 보면 아직도 덜 성숙된 철없는 노인네라는 생각이 들다가도, 그런 열정이 아직도 남아 있다는 것에 감사한 마음이 들기도 했다.

예전부터 완벽하게 준비되어 있던 캠핑용품이었는데, 아직도 모자라는 게 있는지 우리 집을 향하는 택배기사의 발걸음이 바쁜 것 같다. 더군다나 남편은 포니와 동행할 수 있다는 것에 매우 만족해 하였는데, 그렇게 어두웠던 얼굴이 일순간에 밝아진 것이 신기할 정도다.

그동안 여행을 자유롭게 못 다닌 이유 중 하나가 우리 포니를 안심하고 맡길 데가 없기 때문이기도 했다.

그 전에는 둘째 딸이 봐줘서 여행을 다니곤 했는데, 요즘은 자기 사업이 너무 바빠 도저히 봐줄 수가 없는 형편이다.

최적의 장소를 정해야 했기에 유튜브를 보면서 경험자들의 얘기도 들어보고 장소를 물색하는 데도 온갖 신경을 다 썼다.

우선 우리 집에서 그리 멀지 않고 무리하지 않아도 되는 2시간

정도 거리의 장소를 구하기로 했다.

낚시도 하면서 자연을 만끽할 수 있는 장소를 구하다가 충청도 예산에 있는 예당 저수지를 선택하게 되었다.

아침은 간단히 산양유 단백질과 견과류로 요기를 하고 목적지를 향해 출발하였는데, 뒷좌석에 앉힌 포니는 계속 헥헥거렸고 그럴 때마다 남편은 내 눈치를 보는 것 같아서 내가 오히려 송구스러웠다.

왜냐하면 예전에 13년 동안 애완견을 길렀는데 귀엽기는 하지만 여러 가지 행동에 제약이 생기고 신경 쓸 일이 많아서, 포니 입양할 때는 내가 굉장히 반대했기 때문이었다.

하지만 늘그막에 얽매여서 또 구속되는 생활을 할 것 같아 극구 반대했는데, 식구들의 찬성표가 많아 내가 지고 말았다.

예산으로 가는 도중 허기가 져서 예산 근처의 맛집을 찾다가 '오장동 함흥면옥'에 갔는데, 자연 속에 웅장하게 세워진 건물이 생각했던 것보다 운치가 있어서 잘 왔다는 생각이 들었다.

그곳에서 우리 내외는 포니가 밖에서 볼 수 있도록 창문 쪽에 자리를 잡고 앉아서 회 냉면을 시켜 먹었다.

드디어 목적지에 도착했는데 평일인데도 불구하고 캠핑족들이 벌써 여기저기에서 좋은 자리를 차지하고 있는 게 아닌가?

그래서 우선 나무 그늘 쪽에 자리를 잡았다가, 빈 자리가 나왔길래 그곳으로 장소를 옮겼다.

예전 연애 시절 아마도 대학교 삼학년쯤 무렵 그때도 낚시를 좋아했던 남편을 따라 이곳 예당 낚시터에 왔었는데, 반세기가 지난 지금 이곳에 남편과 함께 다시 왔다는 게 너무나 신기했다. 왜냐하면 그때 그 장소였기 때문이다.

저수지를 바라보는 쪽의 나무가 너무나 특이해서 나뭇가지 사이에 얼굴을 내밀고 사진을 찍었는데, 그때 그 나무가 그대로 있었다. 이제는 세월의 흐름을 증명하듯 노송이 되었지만, 그때 그 장소가 분명한 것 같았다.

옛날의 추억을 회상하면서 1박 2일을 자연과 함께 생활하기 위해 젊은이들 못지않게 준비에 만전을 기했다.

그늘막도 준비하고 불멍도 준비하며 풀벌레 우는 소리를 들으면서 맥주 마시며 양꼬치에 닭꼬치를 구워 먹는 그 재미란 느껴보지 않은 사람은 상상이 안 갈 거라 생각된다.

늙은이들이 주책이라고 하는 사람도 있겠지만 오랜 세월 정체되었던 나의 삶을 만회하고 싶은 생각에 남을 의식하지 않기로 했다.

그 옛날
크리스마스 때를 생각하며

어느덧 2023년 달력도 마지막 장만 남아서 며칠만 있으면 새해를 맞이하게 된다.

참으로 세월은 화살이 지나가는 것처럼 빠르다.

젊을 때의 10년 세월은 지루하고 긴 세월이었던걸로 기억되는데 늙어서 10년 세월은 순식간에 지나간 것만 같아서 허무하기가 짝이 없다. 일주일도 하루 이틀 만에 지나가는 것처럼 빠르다.

12월 중순인데도 불구하고 요 며칠 동안은 기온이 따뜻해서 마치 봄 날씨마냥 포근하기 짝이 없다.

성내천 둘레길 한쪽 구석에는 어느새 크리스마스트리가 웅장하게 세워져 있고, 수레를 끄는 산타할아버지며 오색 찬란한 불빛이 성탄절을 맞이할 준비를 하고 있나 보다.

그 옛날 교회 성가대 대원으로 있었을 땐 이때가 가장 바쁘고도 즐거울 때였다. 캐롤송이며 칸타타를 연습하느라 지휘자 선생님 지도 아래 모든 대원들이 열심히 노력하고 잘해보려고 애썼던 기억이 난다.

또한 우리 집 남자는 이때쯤이면 고속터미널 지하상가에 가서 크리스마스트리 재료를 사다가 거실과 베란다에 트리 만들기를 좋아했다. 각 식구마다 줄 선물들을 예쁘게 포장하여 트리 밑에 놓아두었던 생각이 난다.

그러고 보면 자상하고 가정적인 남편이었다고 칭찬해 줘야 하지 않나 싶다. 자랄 적에는 편모슬하에서 외롭게 자랐기에 가족에 대한 사랑이 유별났던 것 같다.

한 번은 어느 신문사 주체였는지 잘 기억이 안 나는 콩쿠르 대회에 두 딸이 출전하게 되었었다. 유명한 작곡가 선생님이 심사위원의 한 사람으로 참석하셨던 걸로 기억된다.

대회 전부터 남편이 그 당시 뉴코아 백화점 예식부에 가서 하얀 드레스 두 벌을 대여해서 입히고, 집의 피아노는 그랜드피아노가 아니라서 염려가 된다고 새벽녘에 강남의 '쥰' 레스토랑에 가서 연습시키고 유난을 떨더니, 결국은 두 딸이 금상, 은상을 받은 기억들이 새삼 떠오른다.

그 당시엔 고맙다는 생각보다는 치맛바람이 아니라 바짓바람을 날리고 다니는 남편이 오히려 밉살스럽다는 생각까지 든 적이 있었다.

늦둥이로 낳은 막내딸은 두 언니한테만 드레스를 입혔다고 울고 난리가 나서 결국은 드레스 뒤에 달린 리본을 떼서 바지뒤에 달아주고 마음을 달래주었다.

지금은 그 모든 것이 추억으로 남겨진 옛이야기다.

현재의 내 모습은 몸도 마음도 낙엽처럼 쓸모없는 존재가 되다 보니, 이제는 추억마저도 기억 못 하는 시기가 올까 봐 왠지 조마조마하기 그지없다.

그래도 아직까지는 나의 건강이 어느 정도는 유지해주리라 믿고 싶다.

눈이 내리면 생각나는 옛 추억

갑진년의 새해가 되더니 요즈음은 눈 구경을 자주하는 것 같다.

새벽녘 창문을 열어보니 솜사탕처럼 하얀 눈이 지난밤 내린 모양이다.

아무도 밟지 않은 듯 발자국이 하나도 없는 눈이 온천지에 하얗게 덮여 있고, 나뭇가지엔 눈꽃이 한 폭의 동양화를 그리고 있다.

젊으나 늙으나 아직까지도 눈을 보면 마음이 포근한 것이 왠지 기분이 맑아지는 느낌이 든다. 마음 같아선 뛰어나가 젊은이들처럼 하얀 눈길을 걷고 싶다.

이렇게 눈이 많이 왔을 때는 반세기 전의 일이 한 가지 떠오른다.

큰딸을 낳은 지 2개월쯤 됐을 때의 일이다. 아마도 크리스마스 이브가 아니었던가 하고 생각된다.

철딱서니 없는 신혼부부가 크리스마스 축제를 방에서 지낼 수는 없고 해서 가만히 둘이서 머리를 굴렸다.

옆방에서는 시어머니께서 피곤하신 듯 곤히 주무시고 계시니 어떻게든 이곳을 빠져나가 아기랑 세 식구가 축제에 참여하고픈 마음이 굴뚝같았다.

그래서 몰래 살짝 일어나 아기를 밍크 자루로 감싸고 행동 개시에 나섰다. 그 밍크 자루는 그 당시에 파는 게 아니었고, 남편 친구의 어머니가 양장점을 하셨기에 일부러 기저귀도 넣을 수 있게 손수 제작해 주셨던 거였다.

남편이 아기를 안고, 명동의 화려한 밤거리 축제에 동참하기 위해 그곳으로 향했다.

그때 그 시절엔 왜 그리 궁금한 것이 많았는지 모르겠다. 지금 같아선 돈을 준다고 해도 못 하겠건만.

그래서 우선 음악도 듣고 쉴 수 있는 장소를 물색하였는데, 명동성당 앞에 '코스모포리탄'이라는 음악다방이 있었다.

그 당시에 소문난 제법 큰 다방이었다.

그곳에 들어가 우선 아기 자루를 기역 자 소파에 눕혀놓았다.

시끄러운 소리에 음악도 제대로 감상할 수가 없었건만 그래도 그것이 즐거웠던 모양이다.

그런데 차를 나르던 종업원 아가씨가 "저기 저 꿈틀거리는 게 뭐예요?" 하고 묻길래, 얼른 아기 주머니를 부둥켜안고 자리를 빠져나왔다.

지금 생각해보면 얼마나 철없고 한심한 부모였던가?

생각해보면 그 이후부터 나의 인생은 마치 다른 사람의 인생인 것처럼 반세기 이상을 속박된 생활과 자유가 결핍된 삶을 살아왔다.

그 힘들었던 세월도 다 지나고 보니 모든 게 새롭게 느껴지고 아름다운 추억으로만 남겨질 뿐이다.

얼마 남지 않은 나의 삶을 오염되지 않은 하얀 눈길에 그림을 그려가며 마감하고 싶다.

삶과 죽음의 문턱

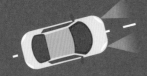

삶과 죽음의 기로에서 너무나 아슬아슬하고 기막혔던 일이었기에 그때의 일을 다시금 더듬어 보려고 한다.

워낙 낚시를 좋아하는 남편 덕분에 일가족 교통사고 사망사건으로 뉴스에 나올 뻔한 일이 생생하게 떠오른다.

때는 초가을이었던 것 같다. 둘째 딸이 결혼 전이었으니까 아주 오래전의 일이다.

그 당시 막내딸은 대학에서 일 년간 중국에 공부하러 갔을 때였다.

둘째 딸이 강남의 교육계 디자인 회사에 다닐 때였는데, 딸 역시도 아빠를 닮아 낚시를 꽤 좋아하는 편이었다. 남편이 딸의 퇴근 시간에 맞춰 함께 밤낚시를 떠나면 어떻겠냐고 제안했더니, 항상 긍정적인 우리 딸은 쾌히 승낙하며 좋아했다.

마침 다음 날이 휴일이라서 마음 놓고 즐기리라 생각하고 우리 내외는 딸의 회사 앞에 가서 딸을 차에 태웠다.

세 식구가 함께 바다낚시를 떠난다는 게 너무나 신이 나고 기쁘기 한량없었다.

목적지는 서해안 안면도로 정했다. 해가 완전히 진 조금 늦은 저녁에 딸을 태운 우리 차는 도로를 달렸다. 아무 생각 없이 그저 즐겁기만 하였고, 요번 낚시에서 물고기를 신나게 잡아봐야지 하는 생각밖에 없었다.

서해대교를 지나 안면도 방향으로 가고 있는데 이미 밤이 깊었던 것으로 기억한다.

그때부터 점점 시야가 흐려지는 느낌이 들더니, 안개가 자욱하게 껴서 앞이 전혀 보이지 않게 되었다. 말 그대로 전혀. 차선도 보이지 않고 갈 수도 없고 멈출 수도 없는 그런 처지였다.

남편이 워낙 조심스레 운전하는 편이지만, 그때는 아무리 능숙하게 운전을 하는 사람도 어쩔 도리가 없을 정도였다. 눈을 감고 운전하는 거나 다를 바가 없었다. 멈추자니 뒤에 오는 차와 충돌할 것 같아서 어떻게 할 수가 없었다. 긴장감과 불안감으로 손에서 땀이 저절로 났다.

내일 아침 뉴스에 큰 기사거리가 될 거라 생각하니 여러 가지 생각이 떠오르기 시작했다.

아직 공부도 끝내지 않은 막내는 어떡하며 남은 가족들은 어떡하지 하는 생각에 기막히기만 했다. 더군다나 자동차 라디오에서도 마치 장송곡 같은 음악이 흘러나와 그 야릇한 기분은 이루 말할 수가 없었다. 자동차 문손잡이를 힘껏 잡고 하도 이를 꽉 물고 용을 썼더니 나중엔 이가 다 흔들거리는 것 같았다.

급하다 보니 하나님을 찾으며 열심히 기도했다.

하나님께서도 나의 다급한 기도를 응답해주신 것인지 한참을 기어가다시피 가다 보니, 어느덧 멀리서 회색빛 수평선과 물결이 너울대는 모습이 보이는 것이 아닌가? 아마도 안개가 조금 걷힌 모양이었다.

휴우! 이젠 살았구나.

그 순간 손에 힘이 확 빠지는 거였다. 차에서 내리자마자 우리 딸은 방파제 쪽으로 뛰어가 낚싯대를 물속에 넣었는데, 넣자마자 시꺼멓고 커다란 우럭이 낚싯바늘에 걸려 올라오는 것이 아닌가.

몇 시간 동안 사경을 헤매며 악몽을 꾸었던 좀전의 모습하고는 전혀 다른 명랑하고 쾌활한 모습을 보고 '인간은 단세포 같은 기질이 있다더니 그런가 보다.' 하는 생각이 들었다.

그렇게 어렵사리 난관을 겪으면서 갔던 낚시에서 많은 물고기를 낚아서 즐거운 기분으로 돌아왔지만, 안개가 그렇게 무섭다는 것을 알게 되었고 항상 일기예보에 안개주의보가 있다면 조심해야 된다는 것을 다시금 마음속에 새기게 되었다.

아무튼 그때의 그 기억은 잊으려야 잊을 수 없는 기억으로 남는다.

人生

(인생)

어느새 눈가에는 이슬이 맺힌다.
알아주는 상대가 한없이 고맙기에….

늙은이의 마음

늙으면~

추억을 먹고 산다고들 한다.

맞는 소리다.

지나간 추억을 되돌아보고

'나도 그런 젊은 날이 있었지?'

라고 스스로 위로하며 마음을 달래본다.

몸은 비록 망가져 가고 있지만

마음만은 아직도 젊고 싶다.

늙으면~

왜 이리 마음이 시려오는지 모르겠다.

누군가의 따뜻한 위로의 한마디가

차가워진 마음을 눈 녹이듯 녹여준다.

어느새 눈가에는 이슬이 맺힌다.
알아주는 상대가 한없이 고맙기에…….
아마도 늙으면
위로받고 싶은 갈증이 생기나 보다.

얼마 남지 않은 나의 인생,
나 스스로 나를 달래가며
살아야 할 것 같다.

노인의 비애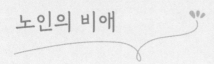

나이가 들어도 추하게 늙고 싶지는 않다.

쉼 없이 달려온 세월에 하나둘씩 늘어나는 주름마다 세월의 흔적이 보여서 거울을 보기가 두렵다.

예전에는 얼굴이 지성이라 콜드크림을 사용하지 않았지만, 이제는 얼굴이 너무나 건조하고 뻑뻑해서 수분 크림을 여러 번 바르고 영양제 크림을 바르며 피부관리에 신경을 쓴다.

죽을 때가 머지않은 늙은이지만, 떠날 때는 떠나더라도 보기 싫게 늙고 싶지는 않다.

쓸모가 없는 노인네라 남들이 우습게 보는 것 같다.

병원에서 처방전을 가지고 약국에 가서 약사에게 이 약을 너무 오래 먹은 거 같은데 "괜찮을까요?" 하고 물어보면 약사는 성의

없이 대답해 주는 것 같다.

그 연세에 드시면 얼마나 드시겠냐며 걱정 안 하셔도 된다고 한다.

생각해보면 맞는 말이기도 하다.

옛날 같으면 벌써 저세상으로 갔을 나이인데, 세월이 좋아 덤으로 살면서 뭘 그리 걱정하나 하고 스스로 위로하며 서글픈 마음으로 뒤돌아 나온다.

그러면서 속으로 한마디 던진다.

너희들도 곧 내 나이가 될 거라고…….

어차피의 의미

어차피.

우리는 '어차피'라는 말을 종종 쓴다.

이래도 저래도 뭐가 잘 안될 때나 포기하고 싶을 때

자기 위안으로 삼으려고 하는 말이기도 하다

내가 이 나이에 글을 쓴다고 하면

황당하고 주제 파악을 못 하는 늙은이라고 비웃는 사람들도 꽤

있을 게다.

하지만 세상 모든 사람이 웃는다고 해도,

어차피 칼을 빼든 이상 해볼 때까지 해보련다.

어차피 조금 남은 인생,

두려울 게 뭐가 있단 말인가?

무식하면 용감하다는 말이 있듯이,

내 마음속에 간직했던 말들을 주저리주저리 내뱉으면 왠지 속이 시원할 것 같다.

어차피 언젠가는 떠나야 할 사람.

많은 사람들이 내 글을 읽고 기억하고 공감해준다면 더 이상 바랄 게 뭐가 있겠나.

어차피 한번 태어난 인생.

우리의 인생길

우리는 사계절의 변화 속에서도 다른 느낌을 느끼면서 사는 것 같다.

우리의 인생길을 사계절에 비유하면 봄, 여름, 가을, 겨울을 다 겪는다.

새싹이 돋아나는 봄엔 희망과 꿈을 생각하며 미지의 세계를 꿈꾸게 된다.

여름엔 타오르는 태양을 보며 삶에 대한 열정을 느껴본다.

또 가을엔 넓은 녹색으로 물든 광야를 보며 마음의 평화를 얻고 싶어 한다.

회색빛 암울한 겨울이 되면 왠지 모르게 마음의 공허함을 느끼며 준비되지 않았던 삶을 되돌아보게 된다.

굴곡진 삶을 살다 보면 모든 길이 평탄할 수 없다.

고행길도 있을 것이고,

꽃길도 있을 것이다.

인생길은 포장이 잘된 고속도로만 있는 것이 아니라 비포장도로가 더 많을 것이라고 생각해야 한다.

그러기에 목적지에 다다를 때까지 운전대를 꼭 잡고 조심스럽게 운전해야 할 것이다.

그리고 도착지까지 무사히 와서야 베스트드라이버라고 자부할수 있을 것이다.

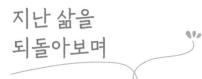

지난 삶을
되돌아보며

요즘 나 자신을 다시 되돌아본다.

초고속으로 달리는 일상 속에서 내가 이 세상에 태어난 이유는 분명히 무언가 있었을 텐데…….

하루하루가 정말 아쉽고 허무하게 지나간다.

얼마 남지 않은 시간 속에서 그래도 남은 삶이 알차고 후회되지 않도록 가치 있게 보내려고 내 딴에는 노력하고 있다.

지난 세월이 낙서로 얼룩졌다면 지금이라도 나의 삶을 재충전의 기회로 삼고 싶다.

이제는 얼룩지지 않은 깨끗한 하얀 종이에 새로운 그림을 그리면서, 남은 시간들을 알차고 값지게 보내려고 노력한다.

이 글을 쓰고 있는 이 순간에도 멍때리지 않고 나의 감정과 생각을 적어나가고 있으니 얼마나 감사한 일인가?

며칠 전 남편과 함께 TV를 보고 있는데, 남편이 하는 말이

한 십 년만이라도 되돌아갈 수 있으면 얼마나 좋겠냐고 그러는 게 아닌가?

"그러게."라고 대답하며 남편의 옆모습을 쳐다보니

회한의 어두운 그림자가 엿보이는 것 같았다.

그럴 때마다 남편에게 용기와 희망을 불어넣어 주고 싶어서

"우리가 90살 정도 되면 지금 이 나이가 또 부럽겠지? 그러기에 지금 우리 나이가 그 어느 때보다 더 소중한 골든 에이지야~."

하며 위로한다.

모든 인생이 생각하기 나름이라는 말은 그 옛날 어디서 들었던 소리였는데, 그것을 요즘에 와서야 이렇게 절실하게 깨달을 줄은 몰랐다.

아무리 힘없는 늙은일지라도 나에게 주어진 값진 이 순간순간을 활기차고 생기 있게 살고 싶다.

마지막 주어진 삶을 최대한으로 활용하면서 후회 없는 시간을 보냈으면 하는 바람이고 소망이다.

모든 걸 내려놓고 마음을 비우면서 긍정적으로 살아간다면 한층 밝고 보람된 삶의 마무리가 되지 않을까 하고 나름대로 생각해 본다.

아직도 늙었다는 걸 인정하고 싶지 않은가 보다

　나이가 들어가면 자연히 몸도 마음도 익어가면서 모든 걸 긍정적으로 생각하며 넉넉하게 받아들여야 하는데, 어떤 때엔 그렇지 못하고 까칠하게 생각할 때가 많은 것 같다.

　어찌 보면 늙어감에 대한 화풀이며 생트집인 것 같기도 하다.

　늙은이 대접을 못 받아도 썩 기분이 안 좋고 대접을 받아도 그다지 기분이 좋은 것 같지가 않으니, 이것이 노인네 심술이 아니고 무엇이겠나?

　몇 년 전 대중교통을 이용하여 다니던 때의 일이다.

　서 있는 나의 앞에 젊고 다리가 튼튼해 보이는 젊은이가 모르는 척하고 자리를 양보하지 않으면 괘씸한 생각이 들면서 가정교육이 덜 됐거나 인성교육이 덜 됐다고 생각했다.

하지만 차에 올라타자마자 얼른 일어서서 자리를 양보해주는 젊은이들을 보면 한없이 고맙기도 하고 또 한편으로는 내가 그렇게 늙어 보이는가 하고 주제 파악을 못할 때가 많았던 것 같다.

내 딴에는 고령자로 보이지 않으려고 아무리 꾸미고 노력해도 나이는 속일 수 없는 현실로 받아들여야 한다.

오늘 새벽녘의 일이다.

그동안 타오르는 폭염으로 인해 산책을 하고 싶어도 못 했다.

그런데 이삼일 동안 가끔씩 내리는 단비로 무더운 열기가 좀 식었는데, 일기예보에서 며칠 비가 내릴 거라고 했다.

그래서 얼른 비 오기 전에 산책해야겠다는 생각에 새벽녘부터 일찌감치 행동 개시에 나섰다.

젊은이 복장으로 밀짚모자에 라이방에 마스크까지 하니 늙었는지 젊었는지 모르겠건만,

뒤에서 누군가가 "어르신! 저랑 같이 가요." 하는 게 아닌가?

아닌 게 아니라 큰비가 올 거라는 일기예보가 있어서인지 성내천 산책길에 아무도 없으니 왠지 무서운 생각이 드는 찰나였는데, 난데없이 동행자가 나타나니 반갑기 그지없었다.

그런데 이 여자는 한 오십 대는 되어 보이는데 무엇을 보고 뒤

에서 다짜고짜 어르신이라고 했을까?

어르신이라고 하는 존칭어는 최고로 대접해서 하는 말인데, 썩 기분이 좋지 않은 이유는 뭘까?

잠깐동안이라도 변장을 하고 젊은이 행세를 하고 싶었던 나의 속마음 때문이었을까?

지금도 어디를 가든지 가식적인 말인지는 몰라도 내 나이보다는 10년쯤 아래로 봐주는 것에 큰 위로가 될 때가 많다.

하지만 얼굴만 나이보다 젊어 보이면 뭐 하겠나~.

인공관절 수술 후 지금까지 남편의 도움 없이는 무서워서 다닐 수가 없으니 한심하기 짝이 없다.

하도 답답해서 얼마 전에는 카카오 택시를 불러 타고 잠실 롯데를 다녀온 적이 있었다. 그런데 지하 분수대에서 올라가는 서너 계단도 기어 올라가다시피 해서 간신히 올라갔다.

생각해보면 너무나 운동부족인 탓도 있는 것 같다.

더위도 가시고 서늘해지면 나 혼자라도 운동을 열심히 해서 다니고 싶은 곳을 마음대로 다녀야겠다

시간아! 멈추어다오

인생의 마감 시간이 점점 다가와서 그런가?

모든 것이 예사롭게 지나쳐지지 않는다.

작년까지도 그런 감정을 못 느꼈는데, 올해엔 유달리 모든 것이 애틋해 보이고 그냥 지나쳐지지 않는 것은 계절이 가을의 끝자락이라 그런 모양이다.

예전에는 앙상한 나뭇가지 밑에 수북이 쌓인 낙엽을 보아도 아무 생각 없이 지나치곤 했었는데, 올해에는 모든 것이 새롭고 고귀하게 보이는 것이 이상스러울 정도다.

사춘기 소녀처럼 바람결에 떨어진 낙엽 하나를 나도 모르게 주웠다.

떨어진 많은 낙엽 중에서 빨간 색감이 유난히 진한 것이 빳빳하고 생기가 있어서, 옛날 소녀 시절에 책갈피마다 낙엽을 끼워두었

던 생각이 났다.

비록 지금은 앙상한 가지에서 낙엽들이 땅에 쓰레기와 같은 모습으로 떨어졌지만, 그래도 나무가 인간들보다는 낫다는 생각이 든다.

따뜻한 봄이 되면 또다시 파릇파릇 새로운 생명체를 나뭇가지에 틔울 것 아닌가?

그러고 보면 인간이란 한갓 나무만도 못한 존재인 것 같다.

언젠가 TV에서 500년 모진 풍파를 꿋꿋하게 견디며 웅장한 자태를 뽐내는 나무에 대한 방송이 나와서 본 적이 있었다.

하지만 우리네 인간들은 고작 100년도 못 사는 동안 온갖 고해와 사연들을 헤쳐나가며 힘든 과정을 겪으면서 살지 않는가.

지난 세월을 되짚어보면 너무나 허무하고 지루하게만 여겼던 그 세월이 눈 깜빡하는 사이에 지나가 버린 것만 같다.

70대 초반까지도 이런 감정을 느껴보지 못했다.

요즘은 시간이 초고속으로 달리면서 일주일이 하루처럼 지나가는 것 같다.

내 나이가 어쩌다가 이렇게 고령이 되었는지 모르겠다.

그전에는 하도 사는 것이 바빠서 그런 느낌을 느껴볼 틈도 없었던 모양이다.

더군다나 노인을 모시고 살다 보니 내가 젊다고 착각하고 살아왔던 게 분명하다.

이제는 남은 시간을 보람있게 아껴가면서 살아가야 할 것 같다.

미련 없이 과감하게
버리자

이 나이쯤 되면 모든 것을 내려놓고 마음을 비워야 하는 것 같다.

애착도 집착도 갖지 말고 버리는 데 익숙해야 하건만 실행에 옮기기가 쉽지 않다.

장롱 속에 몇 년째 입지 않는 옷을 오늘은 큰마음 먹고 과감하게 버리고 정리해야지 하면서도, 그 질긴 미련은 또다시 망설이게 만든다.

옷마다 추억이 있고 사연이 있기에 냉정하게 처분해버리기가 아쉽기 그지없다.

이 옷은 남편이 일본 갔을 때 사다 준 옷~

동경의 미쓰꼬시 백화점에서 최고로 값비싼 알파카 투피스라고 하는데, 그걸 드라이클리닝하지 않고 세탁기에 돌려서 쪼그라들어, 얼마 입지 못하고 장롱 속에 넣어둔 지가 꽤 오래된 것 같다.

그리고 어떤 옷은 우리 딸들이 사준 옷인데, 나름대로 사연이 있는 옷이라 버리기가 쉽지 않을뿐더러 내가 살만 좀 빼면 입을 수 있을 것 같다.

예전엔 옷에 관심도 많고 신경을 많이 썼는데 나이가 먹을 대로 먹어서 그런지 지금은 전혀 관심도 없고, 있는 옷들도 다 입지 못할 것을 생각하면 아깝기가 그지없다.

결국엔 오늘도 생각과 행동이 일치하지 않아 실행에 옮기지 못하고 장롱 속 한쪽으로 밀어놓았다.

참으로 미련이란 고래 심줄마냥 질긴 것인가 보다.

우리네 인생도 생의 미련 때문에 죽어도 아쉬울 나이가 아니건 만 더 살려고 아둥바둥하는 것이 아닌가.

미련이란 과거의 집착에서 고립되어 헤어 나오지 못하는 고질 병 중의 하나인 것 같다.

요즘 젊은이들을 보면 예전 사람들에 비해 모든 것에 과감하고 산뜻한 사고방식을 추구하는 추세인 것 같다.

과거에 얽매이지 않고 미래보다는 현재를 중요시하며 행복을 찾는 것 같다.

생각해보면 현실적으로 똑똑한 사고방식인 것 같기도 하다.

이 나이에도 애착이 많아 버릴 것을 못 버리고 전전긍긍하는 나 자신이 미련스럽고 안타깝기 그지없다.

천년만년을 살 것도 아니고 삶의 종착역도 머지않았건만, 이제는 무거운 짐들을 어깨에서 내려놓고 홀가분하게 사는 것이 정답이라고 나 자신에게 가르쳐주고 싶다.

반면에 같이 사는 우리 집 영감은 버리는 데 익숙한 남자라 나와는 정반대다.

부부는 반대로 만난다더니 아마도 그런가 보다.

인공관절 수술을 하고 재활병원에서 재활치료까지 하고 석 달 만에 집으로 와 보니 다용도실에 있던 찬합이나 필요해서 모아두었던 빈 용기들을 죄다 갖다버린 게 아닌가?

내가 집을 비운 새에 신 이 나서 싹쓸이 청소한 모양이다.

뭐라고 한마디 하려다 싸우기 싫어서 참았다.

이 많은 짐들을 내가 죽기 전에는 모두 정리해야 할 텐데 하는 커다란 숙제가 내 어깨를 짓누르고 있다.

이사를 자주 다니면 정리가 잘될 텐데, 한곳에 십수 년씩 있다 보니 필요 없는 짐들이 많은 것 같다.

이제는 정말 아쉬움도 미련도 갖지 말고 차근차근 정리하면서 홀가분하게 살아가야 할 것 같다.

옷마다 추억이 있고
사연이 있기에

關係

(관계)

친구가 가슴 저리게 보고 싶고
만나고 싶을 때가 있다.

영원한 친구

왜 이런 날이 있지 않은가?

그 누군가와 차 한 잔을 나누면서 속 얘기를 털어놓고 하소연하고 싶은 날.

속상한 얘기할 땐 같이 속상해하고, 기쁜 얘기 자랑할 땐 같이 기뻐해 주는 그런 친구가 가슴 저리게 보고 싶고 만나고 싶을 때가 있다.

그런 친구가 같이 공감해줄 땐 한없이 위로가 되고 고맙기 그지없을텐데…….

그동안 나는 삶의 소용돌이 속에서 허우적대느라 친구들과의 만남도 편한 시간이 아니었다.

친했던 친구들은 외국 아니면 지방에서 살고 있다.

하지만 일주일에 한 번 이상씩 나와 서로 통화하면서 안부를 묻고 서로 위로를 주고받는 유일한 친구가 있다.

그와 통화할 땐 얼마나 마음이 잘 통하는지 한 시간이 훌쩍 지나가곤 한다.

아무쪼록 건강해서 오래오래 나와 마음을 주고받는 영원한 친구가 되었으면 좋겠다.

무소식이
희소식이 아니었네

어느덧 수첩의 전화번호 연락처에서 사라진 이름들이 눈에 뜨이게 많아진 것을 느끼게 된다.

가끔이나마 연락을 주고받았던 사람은 소식을 알 수 있지만, 한참 동안 연락이 없었던 지인은 오랜만에 궁금해서 전화했더니 없는 번호라고 한다.

나의 가슴은 콩닥콩닥 불안해지기 시작하며, 그동안 무심했던 나의 행동과 후회가 뼛속 깊이 스며든다.

어떻게 된 일인지 알아볼 길이 없다.

자식들의 전화번호도 바뀌어서 난감하기 짝이 없다. 혹시 코로나로 무슨 일을 당한 건 아닐까?

궁금한 마음이 점점 짙어만 간다.

이제는 어느덧 집안에서도 내가 제일 고참이다 보니, 내 위에 어른이 없는 것 같아 허전하기 짝이 없다.

얼마 전까지 존경하고 의지했던 멘토와도 같은 분이 두 분 계셨는데, 결국에는 두 분 다 요양병원에서 하늘나라로 가시고 말았다.

그다음 순서는 아마도 나일 테지?

두려워할 필요도 없다.

모든 것에 대해 순응하고 밝은 마음으로 받아들이자.

앞으로 몇 년을 더 살지는 모르지만, 그때까지 나의 기억력이 상실되지만 않았으면 좋겠다.

네가
내 마음을 알겠어?

아무리 야속하고 미웠던 사람도,

시간이 가고 세월이 흐르면

궁금하고 보고 싶을 때가 있다.

그때엔 왜 그랬었어.

네가 내 마음을 알겠니?

나도 네 마음을 모르는데…….

이 세상 살아있는 동안

넉넉한 마음으로,

따사로운 생각으로 살아가자.

훗날 떠나게 되더라도
여운을 남기고 떠나는 사람이 되자.

좋은 사람이었다고,
따뜻한 사람이었다고…….

무거웠던 마음일랑 내려놓고
가볍고 가뿐한 마음으로 떠나자.

그래야지만
두 마음이 한마음이 되지 않을까?

나도 네 마음 같았고,
너도 내 마음 같았다고…….

무심코 한 말

나의 무심코 생각 없이 내뱉은 말이
당신에게
상처를 준 적은 없었나요?

나는 아무런 감정 없이 쏟아낸 말인데,
당신은 가슴 한복판에 깊은 상처로 남겨졌군요.

미안해요. 용서해주세요.
그 상처가 하루속히 아물도록 노력할게요.

상처가 난 자리에
따뜻한 마음의 치료약을 듬뿍 담아 보내드릴게요.

나쁜 기억일랑 서둘러서 지워주시고
예쁜 기억만 담아주세요.

부탁합니다. 제발…….

한 번 뱉은 말은 주워 담을 수가 없다는 말 있잖아요.
그래도 한번 주워 담아보려구요.

56년 만에 미국에서 걸려 온 친구의 전화

며칠 전 아침 8시쯤에 느닷없이 미국에서 예상치도 못했던 보이스톡이 와서 받아보았는데 "숙원이니?" 하는 목소리가 들렸다.

56년 전 학창 시절 친하게 지냈던 친구의 목소리가 아닌가?

전혀 예상치도 못했던 반가운 소식에 가슴이 벅차고 먹먹해지는 느낌을 받았다. 그 순간 나의 뇌는 반세기 전 그 시절로 돌아가 필름이 막 돌아가는 것이었다.

그 친구의 이름은 '손○숙'으로, 고등학교도 진명여고 동창이지만 대학에 와서 친히 지냈던 것 같다.

항상 늘씬한 키에 다리가 너무나 곧게 뻗어있어서 부러운 시선으로 보곤 했던 기억이 난다.

순수하고 마음이 착한 친구였던 것 같다.

서로 오래간만에 대화를 나누었는데, 척추를 다쳐서 지팡이를 짚고 다닌다는 소식을 들으니 마음이 무척 아팠다.

그녀는 몇 년 전 남편과 사별한 후 아마도 혼자 사는 모양이었다.

내가 남편과 둘이서 애완견하고 산다니까 "너 아직도 남편이 있어?" 하고 묻는 그 말이 너무나 황당하기도 하고 우스워서 혼났다.

미국에서는 그 나이쯤엔 남편들이 다들 하늘나라로 이주하는 모양이다.

"지금 함께 살고 있는 남편이 누군가 하면 왜 그때 날 그렇게나 쫓아다니던 그 남학생 있었잖아?" 그랬더니

"아~ 석고?"하고 물어온다.

"아니, 네가 그걸 어떻게 기억하니?" 하니까

"우리 과에서 그걸 모르면 간첩이지.

얼마나 떠들썩했던 건데……."

이야기하는 그 순간에는 56년 전으로 돌아가는 기분에 도취되어 있었다.

나의 남편 별명이 석고라고 붙은 것은 하다 하다 못해 나의 반신상까지 석고로 조각해서 주었기 때문인데, 그 사연을 말하려면 너무나 길고 복잡해서 생략하려고 한다.

한참 동안 주거니 받거니 이야기를 나누다 보니 한 20분가량 통화한 것 같다.

아쉬움을 남긴 채 다음을 기약하고 전화를 끊었다.

그 친구는 졸업 후 의사인 언니를 따라 이민을 가서 결혼도 하고 자녀들도 모두 명문대를 나와서, 이민 사회에서는 성공한 케이스인 것 같다.

요번에 그 친구의 소식을 듣게 된 건 이화여대 융합보건학과 60주년 기념회에 참석하면서 우연하게 연결되어 목소리라도 듣게 된 것이다.

몸은 늙어가도 목소리는 하나도 변함이 없는 것 같아 더욱 반가웠다.

나이 들면 친구가 필요하다더니 정말 그런 것 같다.

마음이 통하는 친구 둘만 있어도 노년이 외롭지 않다고 하지 않나?

앞으로는 동창회도 열심히 나가고 친구들과의 친목도 중시하며 노년을 보내야 할 것 같다.

자식은 부모의 울타리

몇 년 동안 친구들과의 만남을 단절하고 고통 속에서 지내다가, 지난달부터는 마음을 바꾸어 친구 모임이 있으면 불참하지 않고 꼭 참석하기로 했다.

강남 쪽에서 여러 명이 모이는 다수의 모임과 잠실 롯데 백화점 분수대에서 네 명이 모이는 조촐한 모임이 있는데, 이 모두가 다 대학 동창생들이다.

오랜만에 참석했지만 모두들 반갑게 맞이해주어 고맙기 그지 없다.

그동안은 인공관절 수술과 코로나가 겹치다 보니 그 몇 년간 나의 인생을 깎아 먹고 정체된 삶을 살아온 셈이었다.

그저께도 약속 날짜가 되어 잠실 네 명 모임에 나갔더니 모두들 반갑게 맞이해주어 금방 기분이 업되는 느낌이 들었다.

우연히도 네 명 중 세 명이 동갑내기에 같은 달 음력 12월생이라 더욱더 친밀감이 느껴졌다.

생일 맞이한 친구가 생일 턱을 내기에 이번에도 친구 생일 덕분에 회비는 내지 않았다. 며칠 후엔 내 차례가 돌아와 한턱을 내야 하는데, 이런 방법도 우정을 더욱 돈독하게 만드는 방법의 하나인 것 같다.

이 소모임은 한 달에 두 번 모이기로 했다. 만나면 반갑고 자연히 수다스러워진다.

안타깝게도 넷 중에 두 명의 친구가 오래전에 남편을 먼저 하늘나라에 보냈고, 한 명은 아들네 데리고 쓸쓸하지 않게 사는데 경제적으로는 아무 걱정 없이 사는 친구다.

다음 달에 인공관절 수술을 받기로 예약이 되어 있어 경험자인 내게 조언을 구하였는데 수술을 앞두고 마음이 한껏 착잡한 상태였다.

또 한 친구는 딸은 외국에서 살고 아들이 곁에서 살고 있는데 굉장히 씩씩하고 발랄하게 사는 친구다.

외모 가꾸는 데 취미가 있어 매번 멋지게 차려입고 나와 분위기를 상큼하게 만든다. 그것도 자기 위안을 삼는 한 가지 방법인 것 같다.

나처럼 짝이 있는 한 친구는 여지껏 내가 보기에 정말 씩씩하고 부지런하게 살아왔던 걸로 기억된다.

재테크도 잘하고 운전도 잘하고 몇십 년 동안 골프로 몸매를 다져서 걱정이 없는 줄로 알았는데, 요즈음엔 조금씩 다리에 안 좋은 신호가 오는지 많이 가라앉은 느낌이다.

허기야 80년 가까이 된 기계가 여지껏 잘 돌아갔다는 것만으로도 대단하다고 생각해야 할 것 같다.

점심을 먹고 차를 마시면서 각자의 건강 상태 토론회가 시작되었다.

건강하다고 자만하던 사람도 적신호가 켜지면 마음이 나약해지고 서글픈 생각이 떠오르기 마련이다.

그렇게 씩씩하게만 보였던 그 친구가 하는 말이 살아있는 동안 자식들에게 무슨 일이 없어야 하는데 그게 제일 무섭고 두렵다는 것이었다.

정말 공감이 가는 말로 어떤 부모건 다 똑같은 심정일 게다.

또 그가 하는 말이 자식이 집에 찾아와 살갑게 굴다가 다녀간 날은 잠도 잘 자고 힐링이 되어 너무나 기분이 좋다고 한다.

그렇다. 지금 늙어가는 우리네들에겐 자식들의 위로의 한 마디가 활력소가 된다.
마음이 서글퍼지고 나약해질 대로 나약해진 우리네는 자식이란 울타리가 힘을 받쳐주기에 용기를 얻고 삶을 연장하려고 하는 게 아닌가?

부모와 자식이라는 인연으로 이 세상에 태어나 떠날 때는 수고했다, 고맙다, 사랑한다는 말을 남기고,
'네가 나의 자식으로 태어나줘서 그동안 행복했단다.'라는
사랑의 메시지를 남기고 떠난다면 얼마나 좋을까 하는 생각을 해본다.

'네가 나의 자식으로 태어나줘서

그동안 행복했단다.'

萬事
(만사)

이 시대의 젊은이로
소신껏 살고픈 생각마저 든다.

표현의 자유로움

요즈음은 참 좋은 세상이라는 것을 느끼면서, 어떤 때는 다시 태어나 이 시대의 젊은이로 소신껏 살고픈 생각마저 든다.

결혼 후 신혼의 달콤한 과정도 느껴보고 싶다.

표현의 자유도 없었던 나의 성격은 본의 아닌 환경의 탓으로, 무덤덤하고 무뚝뚝한 매력 없는 성격으로 굳어져 살아왔던 것 같다.

더욱이 옛날에는 부모님 앞에서 자식에 대한 애정을 표현하면 천하의 버릇없고 버르장머리 없는 행동이라고 생각했다.

그래서 오랜만에 낳은 막내딸이 유치원에 갈 때도 엘리베이터 앞에서 뽀뽀해주고 잘 갔다 오라고 도둑사랑을 나누며 살아왔던 것을 생각하면 지금까지도 속상하기만 하다.

지금은 세상이 너무 바뀌어서 어른들 앞에서도 마음껏 애정 표현을 하는 모습을 보면 어떨 때는 너무 과하다는 생각이 들 때도 있다.

우리 딸들 역시 그걸 보고 자라서 그런지 다른 사람들보다는 조금 보수적이며 예의에 벗어난 행동은 하지 않으려고 한다.

세월호의 슬픈 사건

취미가 다채로운 남편 때문에 젊어서는 여행을 많이 다녔던 것 같다.

취미 가운데 낚시를 워낙 좋아하기에 제주도를 목적지로 하고 떠났었다. 세 번째 가는 제주도 여행이었으며 3박 4일의 계획을 세우고 떠나는 여행이었다.

남편은 비행기보다는 배를 타고 가는 것을 원했다.

왜냐하면 차를 싣고 가 그곳에서 마음껏 장소를 옮겨 다닐 수도 있고, 배를 타고 여행하는 것이 더 낭만적이고 기억에 남는다고.

그래서 전날 서울에서 여러 시간 걸리는 해남에 저녁 늦게 도착해 그곳에서 하룻밤 자고 해남 '우수영'이라고 하는 선착장에 도착하여 제주도로 갔다.

제주도에서 3박 4일의 여정을 마치고 돌아오는 날이었다.

그날이 2014년 4월 16일이었다.

배를 타기 전 해장국집에서 아침을 먹고 있는데 서울의 딸한테서 전화가 왔다. 제주도로 가는 배가 침몰되어 뉴스에서 난리가 났다고.

그래서 식당 주인한테 빨리 TV를 켜 보라고 해서 보니 고등학교 수학여행 학생들과 일반인을 합해 427명이 탄 배가 침몰되어 실시간으로 중계해주며 난리가 아니었다.

아침을 먹는 둥 마는 둥 하고 제주도 여객선 '씨월드카페리호' 쾌속정 배를 타기 위해 선착장으로 가니 방송국에서 나오고 웅성웅성 난리가 아닌가.

찜찜하고 불안한 상태에서 낮 12시 40분쯤 승선하여 뉴스를 보며 배에 올라탔다.

오는 내내 안개도 심상치 않게 끼고 침몰 상황을 중계하는 것을 보면서 오후 3시쯤 해남 우수영 선착장에 도착해 차를 타고 집으로 돌아왔다.

그날의 기억은 악몽처럼 지금까지도 잊히지 않는 충격적인 사건이었다. 유가족 못지 않게 슬픈 기억과 함께 지금까지도 나의 뇌리에서 지워지지 않는 대형사건이다.

바뀌어 가고 있는 세상

내가 지금껏 살아오면서 삼사십 년 사이에 세상이 이렇게 여러 모로 바뀌고, 사람들이 생각하는 의식구조가 이렇게 바뀌리라고는 전혀 생각을 못 했다.

여성 상위 시대라고 하는 말은 먼 나라의 소리같이 낯설었다.

그런데 지금 세상 돌아가는 걸 볼 때 여성들의 위상이 급격하게 높아지고 목소리가 커지고 있다는 것은 엄연한 사실이다.

여성들이 여느 결엔가 남성 못지않은 파워우먼의 시대가 되다 보니까 상대적으로 남성들의 모습은 예전보다 작아져 가고 있는 것 같다.

세상이 과학 첨단의 시대로 눈부시게 발전하고 볼거리도 많고 즐길 거리도 많아지다 보니 점점 젊은이들의 사고방식이 개인주

의에 빠져드는 추세다.

그래서 비혼자들이 점점 많아지는 것이 아닌가 싶다.

한 세상 사는 인생이니 그냥 마음껏 하고 싶은 것 다 하고 즐기다가 가면 될 것을, 뭣 때문에 결혼이라는 굴레에 속박되어 살겠나 하는 모양이다~.

결혼한 부부들이 출산도 기피하는 시대가 왔으니 정말 걱정스럽기 짝이 없다.

예전과 달라진 것은 나의 경우만 봐도 그렇다.

남아선호 시대인 때에 딸만 셋을 낳았으니 남들이 걱정스러운 시선으로 보았을뿐더러, 나 역시도 은연중에 기가 죽어있었다.

남편이야 내 마음을 편하게 해주느라 상관없다고 했지만, 시어머니께선 가끔가다 "너는 이다음 늘그막에 어떡하냐?" 하시며 나의 마음을 흔들어 놓으시곤 했다.

허기야 독자 집안에 대를 끊어놓았으니 그럴 만도 하시다고 생각하니 서운하게 여길 수가 없었다.

그런데 요즘 내 입장이 완전히 바뀌었다.

주변에서 오히려 나를 부러워하다니…….

그저께 지인한테서 연락이 왔는데 지병이 있던 남편이 결국엔 세상을 떠나 장례 치른 지 이틀이 지났다며 신세 한탄을 하는 것이었다.

그가 하는 말이 위로받을 곳이 없다면서 서러워하는 것이었다.

그러면서 나더러 딸이 셋씩이나 되니 얼마나 좋겠냐고 그러는 게 아닌가?

그분은 아들만 셋을 낳았고 나는 딸만 셋을 낳아서 예전에는 지금과 정반대의 입장이었다.

참 세상은 요지경 속인 것 같다.

하지만 아들도 아들 나름이고 딸도 딸 나름이니 모든 걸 속단할 일은 아니다.

오래 살다 보니 이런 경우도 있구나 싶다.

어머니가 계셨더라면 뭐라고 하셨을까 하는 생각이 든다.

아닌 게 아니라 우리 딸들은 남성 못지않은 워킹맘들이다.

주변머리 없이 밥순이로 일생을 보낸 애미하고는 사고방식이나 처세술이 다르다.

하지만 나도 걸어왔던 인생을 되짚어보면 나름대로 보람있었고 현모양처로 살아왔다고 자처하고 있으니, 후회하는 삶은 아니었다고 말할 수 있다.

인간의 야망

인간이라면 누구나가 야망이 있는데 자기 역량에 맞지 않게 과욕을 부리면 그에 따른 부작용이 생기는 것 같다.

급기야는 몸에까지 영향을 미치게 되어, 나중에는 스트레스를 이겨내지 못하고 우울증까지 생기고 만다.

모든 것을 내려놓고 욕심을 버리면 부러울 것도 없고 훨씬 마음이 편안해지고 평화로워질 것이다.

그렇다고 나태하게 살라는 것은 아니다.

남의 시선을 너무 의식하지 말고 자기가 하고 있는 일에 감사하게 생각하고 열심히 일하면 더 좋은 결과가 올 것이라고 생각된다.

생존경쟁 시대에서 뒤처지지 않으려고 애쓰는 젊은이들을 보면 너무나 안타깝고 마음이 아프다.

동등한 조건에서 출발했건만 누구는 성공하고 자신은 정체되어 제자리걸음에서 벗어나지 못한다는 것이 참을 수 없는 고통이기에 기를 쓰고 성공을 향해 질주하는 것 같다.

하지만 내 생각 내 뜻대로 되는 만만한 세상이 아니다.

모든 것이 계획대로 착착 이루어지면 좋겠지만, 소망대로 되는 것이 드물고 뜻밖의 변수가 많기에 우리는 운명을 어쩔 수 없이 받아들이게 된다.

어찌 되었든 조바심을 버리고 나의 위치에서 성실하게 버티고 기다린다면 좋은 기회가 찾아올 것이라고 생각한다.

무엇보다도 더 소중한 것은 자신의 건강관리라고 본다.

얼마 전 단골로 10년 이상 다니던 동네 치과에서 난데없이 카톡이 왔다.

원장님이 오늘 아침 뇌출혈로 세상을 떠나셨으니 이제부터는 다른 병원을 이용하라는 문자 메시지였다.

너무나 놀랍고도 충격적인 소식이었다.

얼마 전까지도 남편이 그곳에서 임플란트를 했었고 우리 손주들도 그곳을 이용했었는데…….

의사가 너무 친절하고 성실하고 유능한 분이라 환자가 무척 많았다.

아직도 새파란 젊은 나이에 그런 일을 당하다니…….

한참 동안 애석하고 비통한 생각이 머리에서 떠나질 않았다.

그만큼 성공하려면 그동안 얼마나 많은 노력을 했겠으며 그 아까운 시설은 다 어떻게 하나 하고 한동안 생각이 멈추지를 않았다.

운명이란 피할 수가 없다.

지금은 존재하지만 내일은 알 수 없는 것이 우리네의 인생이다.

그러므로 조그마한 것에 감사하고 오늘 내가 있음에 감사할 수 있는 사람이 되었으면 좋겠다.

인구 절벽 시대에
대안은 없을까

　며칠 전 지방 공기업에서 셋째를 낳으면 5급 이하 직원을 특별
승진시킨다는 뉴스를 보았다.

　아마도 심각한 저출산 문제를 해결하기 위해서 생각해낸 방법
인 것 같다.

　지난날을 가만히 생각해보니 시대가 이렇게 달라질 수가 있나
하고 오락가락하는 나라 정책에 쓴 웃음이 나올 정도이다.

　1970년대에는 "딸, 아들 구별 말고 둘만 낳아 잘 기르자."라는
산아제한 공익광고를 통해 인구를 감소시키자는 것이 정부의 대
책이었는데…….

　나는 그때 당시 셋을 낳았으니 정책에 도움이 안 되는 일을 한
것 같다.

　그런데 세상이 이렇게 바뀌다 보니 이제는 아이를 낳는 것이 애

국하는 길이라고 생각하고 다둥이 가정에 국가 지원도 다양해졌으니, 정말 내일 일을 알 수 없는 게 인간사인 것 같다.

나 역시 그전에는 동창회에 나가면 아이를 둘 가진 친구들이 많았던 것 같았다.

그 당시에는 아이를 많이 낳으면 마치 미개인을 보는 듯한 따가운 시선 때문에 창피함을 느끼기까지 했었는데…….

아닌 게 아니라 지금같은 인구 절벽 시대가 계속 이어진다면 나중 세대가 어떻게 되는지 정말 걱정스럽기 짝이 없다.

일관성 없는 정책에도 문제가 있는 것 같다.

인간의 수명은 대책 없이 늘어나서 고령화 시대가 되면서 젊은이는 없고 노인네 세상이 도래하게 생겼으니 정말 큰일이 아닐 수가 없다.

생각해보면 오래 사는 것만 좋아할 일도 아니다.

하지만 인간의 욕망이 어디 그런가. 하루라도 더 살고 싶어 하는 게 본능이 아닌가.

사후세계를 알 수 없기에 불안해하고 두려워하는 게 당연하다.

인간은 누구나가 코앞에 닥친 일만 생각하지 20년 정도 후의 일은 생각 못 하는 게 보통이다.

그러기에 우리네 인생에도 앞을 내다볼 줄 아는 사람들은 탄탄하게 노후 대책 준비도 하고 자기네 들의 미래를 걱정되지 않게 준비하지 않는가.

인생이란 각자가 생각하기 나름이다 보니 어떻게 살아야 올바른 삶인지 죽을 때가 되어서야 깨닫게 되고 후회도 되고 그런가 보다.

성경에서 '너희는 잠깐 보이다가 없어지는 안개니라.'라고 하는 구절과 같이 우리는 모두가 잠시 쉬었다 가는 인생이며, 영원히 머물 수 없는 삶이다.

하지만 우리들의 후예들이 나중에 겪어야 할 고통을 생각하면 심히 걱정스럽다.

초고령화 시대가 점점 다가오면서 젊은이들의 어깨는 예측할 수 없이 무거워질 것이다.

미래가 어둡게만 보이는 젊은이들은 결혼을 기피하고 자녀 갖기도 엄두를 못 내면서 두려워하고 있으니, 정말 인구 절벽 시대는 해결책이 쉽사리 나올 것 같지가 않다.

예전에 떠돌아다니던 말 중에 아이가 태어날 때 다 자기 먹을 것은 갖고 태어난다는 말이 있었는데, 지금 생각해보면 아주 무책

임하고 무지한 사고방식이었던 것 같다.

그러기에 한 집에서 적어도 서너 명의 자녀들을 겁 없이 낳았던 적이 있었다.

지금은 낳아서 제대로 키우려면 사교육부터 시작해서 많은 경제적 뒷받침을 해줘야 하는 세상이고 보니 젊은이들이 쉽사리 엄두가 안 나는 모양이다.

그러기에 정부의 임시방편의 사탕발림 정책보다는 근본적인 대책이 시급하다고 본다.

시간이 다소 걸린다고 하더라도 서서히 실현가능한 대책을 세워봄이 어떨까 하는 생각이 든다.

돈이 뭐길래

창밖을 내다보는데 멀리서 어떤 부부가 리어카에 폐지를 잔뜩 싣고서 남편은 앞에서 끌고 부인은 뒤에서 밀어주는 모습이 시선을 끌었다.

그들의 모습 속에서 따듯한 사랑의 온기를 느낄 수 있었다.

그들이라고 행복이 없을까?

있는 자들이 볼 땐 그들을 비참하고 불행하게 생각할지도 모른다. 하지만 오히려 그들의 행복지수가 더 높을지도 모른다.

시간도 때 이른 아침 시간인데 그 많은 폐지를 수거했으니, 오늘 하루가 그들에겐 기쁨과 희망을 주는 행복한 순간이 아니겠는가?

있는 자들에게만 행복감이 존재한다는 것은 어불성설이다.

오히려 재산을 많이 소유한 사람일수록 머리가 복잡하고 불안은 더 증폭하기 마련이다.

있으면 있을수록 어깨는 더 무거워지고, 노후에 자식들에게 대접받기는 커녕 재산 문제로 가족 간에 사랑이 무너지는 모습들을 뉴스나 주위에서 찾아볼 수가 있다.

젊어서부터 먹지 않고 입지 않고 열심히 살면서 알뜰하게 모아온 부모의 재산이 빛을 발하지 못하고 오히려 자식들에게 독약으로 변모하고 있으니 말이다.

요즘 재산 가진 부모들의 노후 고민은 자식들에게 어떻게 재산을 분배해야 말썽이 없고 형제간에 우애가 깨지지 않을까 하는 것이다.

똑같이 나누어 준다고 해도 그중에 불만을 안 가지는 자식은 거의 없을 것이다.

나는 그동안 부모에게 더 효도했는데, 나는 형제 중에 제일 못사는데 하고 서로들 불만만 표출하면서 부모의 마음을 서글프게 만드는 것이 지금 현실이다.

우리 같은 경우엔 자식들에게 물려줄 재산이 없다 보니 그럴 고민은 없는 것 같다.

오히려 그 시대에 남보다 행복하게 자라왔다는 걸 기억하면서 감사하게 생각하고 생이 얼마 남지 않은 부모를 섬기려고 노력하는 모습을 보면 안심하고 눈을 감을 수가 있을 것 같다.

유튜브에서 보니까 재산 많은 부모가 상속세를 줄이려고 부동산을 자식 명의로 해주고 나머지 집 한 채를 딸에게 주면서 노후를 의지하는 것으로 서로 약속했다고 한다.

그 약속을 믿고 딸을 의지했던 아버지는 합가한 지 두 달 만에 쫓겨나, 서민 아파트의 월셋집에서 자식에 대한 배신과 서러움에 슬픈 나날을 보내고 있다는 사연을 보면서 참으로 이게 실화인가 하는 생각을 했다.

예전 같으면 상상도 할 수 없는 일이다.

하지만 요즘에도 착한 효자들이 많다.

고생하며 일생을 살아온 부모의 은혜를 잊지 않고 안타까워하며 눈물짓는 자식들을 가끔 TV에서 보면서, 그분들은 그래도 성공하고 보람된 삶을 사셨구나 하는 생각을 해본다.

그렇다. 우리네 부모들은 자식들이 희망이요 보람이며 삶의 전부다.

계산 없이 사랑을 주면서 그네들을 키워온 장본인들이다.

믿었던 자식들의 배신은 남들로부터 받은 배신보다 몇 배나 깊은 상처로 남게 된다. 그러기에 돈이란 잘못 쓰게 되면 독이 된다는 것을 다시금 깨닫게 된다.

　세상 부모님들께 한마디 부탁하고 싶다.

　죽기 전에 교통정리를 잘하고 떠나시라고…….

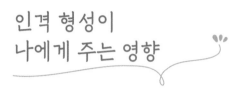

인격 형성이
나에게 주는 영향

사람마다 성격이 제각각 다르다고는 하지만 타고난 성품은 어쩔 수가 없다.

물론 환경에 따라 다소 달라지지만, 이 험한 세상 살아가기 위해선 자기 자신이 잘 조절해 나가야 할 것 같다.

똑같은 말이라도 듣는 입장에선 각기 다르게 해석하고 똑같은 조언을 해줘도 듣는 입장마다 받아들이는 감성이 저마다 다르다.

똑같은 조언을 해줄 때도 마음이 평온한 사람은 고맙게 해석하지만, 마음이 꼬인 사람은 다르게 해석하고 자기를 위해 조언해준 사람을 향해 섭섭한 감정을 가지며 등까지 돌리곤 한다.

마음이 평온한 사람은 언짢은 말도 좋게 해석하려고 한다.

인생을 살아가는 데에는 인격 형성이 큰 몫을 차지하는 것 같다.

성격이 낙천적인 사람은 항상 마음을 평온하게 갖기에 스스로 상처를 덜 입는다.

하지만 자기 마음을 다스리지 못하고 좋지 않은 감성을 지닌 사람은 자기 주변이 편할 수가 없다.

마음이 긍정적인 사람은 얼굴에서 나타난다.

항상 평화의 지킴이가 그를 항상 지켜주고 보호하고 있기 때문에 마음의 불편함을 모른다.

그들은 언제나 세상의 오염된 찌꺼기들을 거르고 정화하며 자신의 마음속을 항상 정갈하게 가꾸려고 노력한다.

그러기에 그들은 남을 미워할 줄도 모르고 평화로운 삶을 살 수 있나 보다.

반면에 욕심이 많은 사람의 얼굴을 보라.

은연중에 놀부 심보가 얼굴에 나타나지 않는가?

돈은 있는 사람이 더 가지고 싶어 한다.

가지면 가질수록 더 가지고 싶어 하고 만족을 못 하는 것 같다.

만족이 없기에 그들의 삶도 항상 불안하고 편치가 않다.

또한 못 가진 자들은 삶을 꾸려 나갈 원동력이 없기에 불안과 고통에서 벗어나지 못하고 있다.

그러므로 돈이란 적당히 있는 게 제일 정답인 것 같다.

빈손으로 왔다가 빈손으로 가는 우리네 인생~.

요즘 유튜브에선 돈 때문에 일어나는 갖가지 사건들이 비일비재하다.

옛날에는 상상도 못 했던 일이다.

세상이 가면 갈수록 첨단과학은 눈부시게 발전하고 있지만 인간들의 인격형성은 비정상적으로 변모해가는 것 같다.

이제는 부모 형제 혈육도 못 믿는 세상이 되어버린 것 같다.

돈 앞에서는 그 누구도 양보가 안 되나 보다.

예전처럼 따스한 피가 흐르고 인간 냄새가 나는 세상이 그리워진다.

친구의 조언도 가식 없는 순수한 사랑으로 받아들일 수 있는 삐뚤어지지 않고 반듯한 세상은 다시 오지 않으려나?

나 혼자만 잘 먹고 잘사는 세상은 있을 수가 없다.

나눔을 바탕으로 여러 공동체 안에서 서로 아껴주고 보듬어주고 위로해주는 세상이 되었으면 좋겠다.

운명이란?

운명이란?

우리의 모든 삶을 지배하는 초인간적인 힘이라고 지금껏 생각하며 살아왔지만, 그것은 우연이 아닌 필연이라는 생각도 하지 않을 수가 없다.

그러기에 우리로서는 저항할 힘조차도 없다고 생각한다.

예전에 우리는 피치 못할 사건에 대해 '운명의 장난'이라는 말을 곧잘 써 왔다.

어차피 수용해야 할 나의 몫을 운명이라고 단정 짓고, 그 틀 안에서 버둥대고 허우적거리며 살아왔던 것 같다.

우리가 살면서 가끔 느끼는 대형 사고들…

항공기 사고라든가 열차 사고 같은 일도 그 시간을 피했더라면 사고를 안 당했을 텐데 하며 그것조차도 운명이라고 단정 짓는 거였다.

내가 그곳에 안 갔더라면 내 운명이 어떻게 바뀌어졌을지도 모르는데 하면서 말이다.

과연 운명이란 피할 수 있는 것일까?

인간의 노력으로는 바꿀 수 없는 미리 정해진 것을 운명이라고들 하는 것 같다.

또한 운명이 바뀌어 뜻하지 않은 행운을 누리는 사람도 어쩌다 뉴스에서 만나 볼 수 있다.

예전에 어느 산부인과에서 출산한 신생아가 바뀌어 서로 다른 인생을 살다가 모두가 성인이 되어서야 사실이 드러난 예가 있었다.

그것을 보고 우리는 얄궂은 운명이라고들 한다.

그래서 태어날 때부터 운명이란 이미 하늘로부터 정해진 것이 아닌가 하는 생각도 해보게 된다.

그러므로 누구를 원망할 수도, 비난할 수도 없다.

운명이라는 무거운 틀 안에서 삶을 지혜롭게 헤쳐나가며 자신을 사랑하고 순응하면서 살아야 할 것 같다.

남자들의 비애

노년을 후회 없이 행복하게 보내기란 참으로 어렵고도 힘든 일인 것 같다.

그리고 요즘 세상 돌아가는 것을 가만히 보고 있노라면 여자들보다 남자들이 더 힘든 세상인 것 같다.

그나마 노후 준비를 철저히 한 사람들은 떳떳하고 생기가 있어보이는데 그렇지 못한 남자들은 어깻죽지가 축 늘어져 있는 것이 딱해 보이고 때로는 측은해 보이기까지 한다.

가끔 둘레길을 산책하면서 느끼는 것인데 가족들로부터 외면당하고 괄시받아 우울한 표정으로 벤치에 나와 앉아있는 남자들의 모습을 보면 왠지 안 됐다는 생각이 든다.

저분도 과거엔 무슨 일을 했건 간에 열심히 살면서 가족들 벌어

먹이느라 일생을 보냈을 텐데, 나이 들어서 남은 것이 뭐란 말인가?

은퇴하고 백수가 되면 집에 있는 것조차도 마누라 눈치 보며 살아가야 하니 정말 남자들이 안 됐다는 생각이 든다.

여자들이야 친구들 만나 수다 떨고 시간을 보낸다고 하지만, 퇴직한 남자들은 정말 딱해 보이기 짝이 없다.

여유가 있는 사람들이야 골프다 뭐다 그 밖의 취미생활로 소일거리를 한다지만, 대부분의 남편들은 마지막엔 경제권도 마누라에게 빼앗기고 당당했던 자리가 허물어지며 불편한 자리가 되어버리니 말이다.

예전의 남존여비 사상하고는 완전히 대비되는 세상이다.

길거리 상가나 백화점을 가보더라도 알 수가 있다.

거의 대부분이 여자들 위주로 진열된 물품들이지, 남자들 것은 잘 소모가 안 되는 것인지 있어도 종류가 다양하지 못한 것 같은 느낌이 든다.

또한 식당을 가봐도 알 수가 있다.

이 구석 저 구석 모여앉아 수다 떨며 떠들어대는 것은 여자들이지, 남자들은 거의 찾아볼 수가 없다.

정말 남자들의 안타까운 현실이다.

그러기에 아내들은 이러한 남편들의 마음을 이해해주고 노고를 인정해주며 마지막 삶을 마감할 때까지 따뜻한 동반자가 되어줘야 할 것 같다.

남편들의 마음이 허무감이 들지 않도록 위로와 격려로 용기를 북돋아 주면서 친구처럼 남매처럼 곁에서 지켜준다며 더 없는 부부애로 생을 마감할 수 있지 않을까?

어떤 상황이 닥치더라도 서로 위로하고 의지하며 아껴주면서 사는 부부야말로 진정한 금슬 좋은 부부가 아닐까 생각한다.

요즘 잘나가는 남자들조차도 결혼을 기피하고 혼자 살아가는 경향이 점점 늘어나는 추세다. 이 모든 원인은 여자들이 너무나 강하다 보니 미혼으로 인생을 즐기면서 누군가에게 속박되지 않고 자유롭게 살다가 생을 마감하겠다는 생각들인 것 같다.

하지만 그런 생각은 젊을 때의 일시적이고 단순한 꿈일 뿐이다. 그래도 역시 가정을 꾸리고 자식도 낳아서 기르면서 희로애락을 다 겪으며 살아온 인생이야말로 참 인생을 살았다고 떳떳하게 말할 수 있지 않겠나?

나중을 생각해서라도 인생의 동반자는 꼭 필요하다고 생각한다.

불효악처가 열 자식보다 더 낫다고 하는 옛말도 있지 않은가?

단순히 생각하는 세상 남자들한테 한마디 충고하고 싶다. 자신들과 영원한 동반자가 될 수 있는 착하고 성실한 여자를 만나 행복한 인생을 살아가기를…….

어깻죽지가 축 늘어져 있는 것이
딱해 보이고
때로는 측은해 보이기까지 한다.

當付
(당부)

인생의 마지막 결산은
숨을 거두고 한 줌의 재가 되는
순간이다.

젊음이 재산이란다

젊은이들이여!
인생을 함부로 속단하지 말라.

어제의 슬픔과 좌절이
내일의 희망과 기쁨이 될 수 있고,

며칠 전의 오만과 자신감이
내일의 큰 멍에로 어깨를 짓누를지 모른다.

인생은 그 아무도 예측할 수 없다.
없다고 좌절할 필요도 없다.

인생의 마지막 결산은

숨을 거두고 한 줌의 재가 되는 순간이다.

이 순간에도 어려움과 고통 속에서 좌절에 빠져있는 젊은이들에게 용기와 힘을 주고 싶다.
자네들은 그 무엇보다 더 소중한 젊음이 있지 않은가?

힘들 내시게나.

베풀면서 살자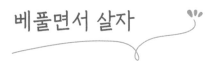

주위를 둘러보면

부자이면서 가난하게 사는 사람이 있고,

가난하면서도 부자처럼 사는 사람도 볼 수 있다.

우리는 흔히

돈 많은 사람들을 보고

잘사는 사람이라도 한다.

돈이 없으면

무조건 못사는 사람들이라고 하는데,

이것은 잘못돼도 한참 잘못된 생각이다.

마음이 가난하고

덕을 베풀 줄 모르는 자는

아무리 돈이 많고 폼을 잡는다 해도,

그 인생은

불쌍하기 짝이 없고 헛된 삶을 산

공수래공수거의 삶이다.

시소게임 같은 인생

일생을 평탄하게 살아온 사람들도 있지만,
대다수의 사람들이 굴곡진 삶을 살았을 거라 본다.

왜 그런 말도 있지 않은가?
내리막이 있으면 오르막이 있고,
오르막이 있으면 내리막이 있다는 것.

또 음지가 양지 되고 양지가 음지가 된다는 말.

생각해보면 인생 선배들의 말씀이 하나도 틀린 게 없다는 생각
이 든다.
우리는 제일 꼭대기에 있을 때가 제일 두렵고 무섭다고 생각한다.
앞으로 내려갈 일만 생길 테니까.

인간은 그때 제일 경거망동하여 실패를 보는 일이 많을 거다.

그러기에 우리는 모두가 겸손하게 자신의 행동을 꼼꼼하게 진단하면서 자중하고 또 자중해야 할 것 같다.

그리고 이런 말이 있지 않은가?

개구리 올챙이 적 생각 못 한다는 말.

인간이 갑자기 부를 누리게 되면 옛날 자신이 어려웠을 때를 생각 못 하고 교만해지면서 없는 사람들을 얕보고 갑질하고 하는데,

이런 현상은 졸부들한테서 많이 엿볼 수가 있다.

아무리 치장을 많이 하고 포장을 멋지게 한다 한들 내면에서 풍기는 악취는 숨길 수가 없는 것이다.

인격의 가치평가는 하루아침에 이루어지는 게 아니다.

싸구려 향수일수록 풍기는 냄새는 더 진하고 독하지만,

비싼 향수는 그 냄새가 진하지 않고 은근하다.

삶을 살아가는 데 있어서도 내면적인 멋을 갖추며 은근한 향기를 뿜어내는 멋있는 사람들이었으면 좋겠다는 생각을 해본다.

인생의 퍼즐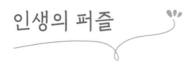

얘기들을 들어보면

걱정거리가 없는 집이 드문 것 같다.

종류가 다를 뿐이지

각자의 인생 스토리가 각양각색 다채롭기 때문이다.

질병으로 고통받는 집이 있는가 하면

경제적으로 어려움을 겪고 있는 집이나

자식들로 인해 속상해하는 부모들도 있다.

우리네 인생은 눈감을 때까지 편할 수가 없나 보다.

인생의 퍼즐 맞추기가 그리 쉽지 않은 모양이다.

우리는 누구나 행복해지기를 소망한다.

하지만 그 행복이 내 손에 닿기까지엔

무궁무진한 노력과 인내가 받쳐줘야 하는 것 같다.

그러다 보면 내 인생에도 햇볕이 쨍쨍히 비칠 때가 오며

살맛 나는 세상이라 말할 수 있지 않으려나.

행복이란 멀리 있지 않고 가까운 곳에 있다고 하니,

　주변에서 찾아보며 소소한 것에 감사하고 행복을 누리는 것도

바람직한 일이 아닐까 한다.

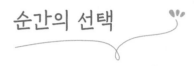

순간의 선택

주변을 살펴보면
남들 보기에 한없이 행복해 보이는 사람들도
그 내막을 열어보면 별의별 사연들이 많은 걸로 안다.

포장지는 그럴싸하게 화려하고 좋아 보이는데,
내용물을 들여다보면 너무나 실망스러워지는 때가 있다.

배우자 선택 시에도 겉모습만 보고
생각 없이 단순한 결정을 내리고는
나중에는 후회와 번민 속에서 고통으로 치닫게 되나 보다.

요즈음 단기 이혼률이 많은 것도
이러한 경솔한 생각 때문인 것 같다.

순간의 선택이 일생을 좌우한다는 말을

결코 잊어서는 안 될뿐더러

매사에 경솔한 행동은 하지 않는 게 좋다.

이는 인생 첫걸음을 내딛는 젊은이들에게

오랜 인생을 살아온 선배로서

조심스럽게 충고하고 싶다.

인생의 골든타임

인생에도 한 번쯤은
골든타임이 있다고 생각한다.

사람들은 그 시기를 놓치고는 후회들을 하는 것 같다.

각자의 골든타임은 저마다 다르다고 생각한다.
그래도 살아가는 동안 한 번쯤은 그 시간이 나에게 주어지는데,
그 중요한 시기를 우리는 대수롭지 않게 생각한다.

환자가 조금만 더 일찍 골든타임을 이용했더라면
죽음으로까지 내몰리지는 않았을 텐데
그 소중하고 귀한,
말 그대로 금 같은 시간을 제대로 활용하지 못해서

불행을 맞이하는 일도 많은 것 같다.

지금 내가 처해있는 이 순간이
내 인생의 골든타임이라 생각하고,
이 귀하고 값진 시간을 놓치지 말고
잘 활용했으면 좋겠다.

부모로서의 처신

　어느덧 나의 딸들이 중년이 되었다.

　나 역시 딸들을 통해 희미한 기억 속에서 예전의 내 모습을 더 듬어 보며 위로를 받고 있다.

　나도 저 나이 때는 그랬었지 하면서 말이다.

　세월이 흐르면서 세상이 많이 바뀌고 사고방식도 옛날과는 판 이해진 모습을 보면 좋은 점도 있지만, 예전이 더 나은 것 같고 그 리워질 때도 있다.

　세상은 눈부시게 발전하고 있지만, 된장찌개마냥 구수하고 포 근한 인간 냄새는 예전보다 못하다는 걸 확실하게 피부로 느낄 수 있다.

　특히 우리 또래 노인들이 가장 피해를 보고 억울한 세대인 것 같다.

자식들에게 무조건 투자하고 사랑하면서 자식들이 노후 대책인 줄 알고 모든 걸 희생했던 노인들이 자식들에게 대우받지 못하고 절망의 늪에서 헤어나지 못하는 현실.

예전엔 상상조차 못 했던 현실이 눈앞에서 일어나고 있는 걸 보면 통탄하지 않을 수 없다.

물론 다 그런 건 아니다.

일부에 지나진 않지만, 그것을 본보기로 알고 닮아 가려는 젊은 이들이 있는 것 같아 적잖이 염려스럽다.

나의 경우 하늘의 축복을 받아서인지 나의 딸들은 항상 자신들을 키워 준 것에 대해 감사할 줄 알고 옛날에 추억들을 기억하며 이야기해 주어서, 오히려 내가 딸들의 입을 통해 지나간 세월을 떠올리곤 한다.

부모로서 항상 자식들 보기에 빗나가지 않고 바른 삶을 살면, 그러한 삶을 언젠가는 대부분 자식들은 알아주리라 생각된다.

부모는 자식의 거울이라는 말도 있지 않은가?

대부분 부모가 18번으로 하는 말이 있다.

'내가 너희들을 어떻게 키웠는데.'

그 말은 서로가 피곤한 말이다.

그런 말은 절대로 해서는 아니 되며, 말하는 순간 그간의 노고는 모두 다 수포로 돌아간다.

돌아가신 시어머님의 가르침 한마디가 마음에 와닿아 지금까지도 교훈처럼 나의 가슴에 남아있는 것이 있다.
어떤 일을 베풀거나 공을 들였을 때 생색을 내면 그 순간 모든 것이 헛수고로 돌아간다는 말이다.

부모는 자식의 모범이 되어야 한다.
말로써 백번 가르쳐 봐야 소용이 없다.
자식은 항상 어린애가 아니다.
성장하면서 부모들을 평가하며 머릿속에 기억한다.

그러기에 자식 시집살이가 제일 무서우며,
부모들은 처신을 잘해야 나중에 자식들에게 부모로서 대접을 받으리라 믿는다.

마음의 문을 열고 살자

마음의 문을 열고 살자.

수십 년을 같이 산 배우자도 마음의 문을 닫고 있으면 그 마음 속에 무엇을 품고 사는지 알 수가 없다.

이 세상에서 배우자보다 더 가까운 친구는 없을 것인데, 속마음을 항상 감추고 사는 배우자는 상대방이 항상 거리감을 느끼면서 그 사람의 진실조차도 믿을 수 없게 된다.

아무리 오랫동안 함께 살았다고 하더라도 속 얘기를 터놓고 하는 친구만도 못할 뿐이다.

그리고 목에 칼이 들어간다 해도 배우자에게 거짓말은 절대로 하지 말아야 한다.

거짓말도 습관이 되면 소소한 일에도 아무 생각 없이 수시로 거 짓말을 하게 되지만, 받아들이는 상대방에겐 큰 상처와 허탈감을 안겨주며 그 뒤에 남는 것은 실망뿐이다.

거짓말을 하지 못하는 사람에겐 그 충격이 매우 클 것이다.

인간은 누구나 진실된 사람을 원한다.

사랑이라는 존재도 진실을 토대로 이루어지며, 그때 마음의 문도 열리게 될 것이다.

부부가 사오십 년 살다 보면 피를 나눈 육친과 같은 느낌이 들면서 눈만 마주쳐도 그가 무엇을 원하는지 무슨 거짓말을 하려고 하는지 다 알게 된다. 알면서도 속아 주는 척하지만, 그 실망감은 점점 누적되어 결국에는 포기하는 삶을 살게 된다.

그처럼 불행한 삶은 없을 것이다.

된장찌개 하나 놓고 먹는 밥상이라도 서로가 한마음이 되고 마음의 문을 열고 대화할 수 있는 부부라면 삶의 종착역까지 동행해도 괜찮을 것 같다.

믿음과 신뢰가 무너져서는 결코 사랑의 탑을 쌓을 수 없기에 '믿음'이라는 단어에 모든 걸 걸고 도전하는 것이 아닐까?

부부의 정의

부부의 연을 무엇이라고 정의를 내리면 좋을까?

자라온 과정에서부터 모든 것이 서로 다른 남과 남이 만나 사랑의 불꽃을 피우며 영원한 사랑의 약속을 한다.

이 세상 끝날 때까지 제일 가까운 동반자로 너는 내 편 나는 네 편이라고 약속을 하는 게 결혼이 아닌가?

결혼식장에서 식순에 따라 양가 부모들과 하객들 앞에서 '검은 머리가 파뿌리가 되도록'으로 시작되는 백년가약에 약속을 하며 다짐을 하는 것이 일반적인 결혼의 참뜻이 아니었던가?

그런데 요즘은 결혼을 너무나 쉽고 간단하게 생각하고 너무나 계산적인 사랑을 나누는 젊은이들이 많은 것 같다.

그저 맞지 않는 옷은 빨리 갈아입어야 한다는 생각으로 너무나 단순하고 가볍게 생각하는 게 아닌가 하는 우려스러움까지 든다.

꼰대 입에서 꼰대 같은 소리를 한다고 비아냥거리는 사람들도 많을 거라 생각하지만 말이다.

물론 구제 불능의 상대라면 어쩔 수 없는 경우들도 있다.

습관적으로 폭력을 쓴다든가 도박과 놀음에 심취되어 가정을 방관한다든가 하는 것은 용서할 수 없는 일이라고 본다.

부부가 살다 보면 때때로 밀기도 하고 때려치우고 싶은 경우가 너무나 많다.

상대가 너무나 계속해서 실망을 주었을 때는 아주 아득한 옛날 시절 선거 문구로 썼던 "못 살겠다 갈아보자"라는 말이 절로 나올 때도 있다.

검은 머리가 파뿌리 될 때까지 살아온 나의 경우를 생각해보면 나 역시 누구를 가르칠 정도로 순탄하지만은 않았지만, 그럴 때마다 지나간 추억이 너무나도 아까워서 다른 생각은 할 수가 없었던 것 같다.

더군다나 위기 때마다 자식이라는 연결고리는 부부 관계를 이어 주는 윤활유 역할을 해준 것 같다. 부부란 싸우면서 미운 정 고운 정이 드는 게 사실이다.

부부가 잘살기 위해서는 서로 대화를 많이 해야 하며 신뢰할 수 있는 사이가 되어야 한다.

서로가 싫어하는 행동은 되도록 피하면 좋겠다.

하지만 서로의 한두 번 실수는 눈감아 주고 용서하며 반성하고 후회하는 시간을 갖게 해준다면, 더욱더 자신의 부족했던 점을 만회하려고 노력할 것이며 상대에게 고맙게 생각하고 뉘우치게 될 것이다.

그리고 지나간 일을 약점 삼아 상대의 기를 죽이지 말고, 자기가 하는 일에 대해 생색도 내지 말아야 한다.

내가 좀 더 양보하고 희생하는 셈 치고 살면 문제가 없을 것이다.

결국 인생이란 한 편의 드라마이며 연극으로 피날레를 장식하고 만다.

새 옷으로 바꿔 입는다 해도 입다 보면 그 옷이 그 옷이고 결국은 구관이 명관이라는 생각을 떨쳐 버릴 수가 없게 될 것이다.

그러다 보면 삐걱거리는 부부 관계도 어느새 20년, 30년이 흘러가고, 서로가 서로의 늙어 가는 모습을 보면서 안타까워하고 측은하게 여기면서 부부의 정은 소리 없이 익어가는 거라고 생각한다.

그러기에 부부의 연이란 하늘이 내려준 특별한 인연이라고 정의를 내리고 싶다.

Epilogue

이 책을 마무리하면서 독자들은 어떠한 생각으로 이 글을 읽어주셨는지 심히 염려가 된다.

혹시 세상의 웃음거리가 되는 글은 아니었는지 걱정은 되지만 이것 하나만은 인생 선배자로서 짚고 넘어가고 싶다.

인생은 별거 아니라는 것~.

옛날 대학 학창 시절 당시 유명했던 비틀즈의 명곡 'Let it be' 가 불현듯 생각이 난다. 살다가 보면 생각지도 않게 힘든 일을 많이 겪게 되는데, 이 노래 가사가 뜻하는 것처럼 모든 것을 순리에 맡기고 흘러가는 대로 내버려두면 답이 보인다는 것.

그러기에 우리는 인생을 살아가면서 지나친 집착과 애착을 마음에서 내려놓는 연습을 해야만 할 것 같다.

인생을 덤으로 사는 이 나이쯤 되면 더욱더 이런 마음가짐이 필요할 것 같다. 모든 것을 긍정적으로 보는 시선과 어린아이 같은 순수한 마음으로 마무리 인생을 보냈으면 좋겠다.

결국 빈손으로 왔다가 빈손으로 가는 인생이거늘, 왜 우리 인간들은 그것을 죽을 때까지 깨닫지 못하는지 아쉽기 그지없다.

지금까지 이 늙은이의 글을 읽어주신 분들에게 감사를 드리며, 남은 인생 행복하게 보내시기를 기원합니다.

너희들도 곧
내 나이가 될거다

ⓒ 한숙원, 2024

초판 1쇄 발행 2024년 6월 12일

지은이	한숙원
펴낸이	이기봉
편집	좋은땅 편집팀
펴낸곳	도서출판 좋은땅
주소	서울특별시 마포구 양화로 12길 26 지월드빌딩(서교동 395-7)
전화	02)374-8616~7
팩스	02)374-8614
이메일	gworldbook@naver.com
홈페이지	www.g-world.co.kr
ISBN	979-11-388-3287-8 (03810)